Le cavalier d'Olympie

Castor Poche
Collection animée par
François Faucher, Hélène Wadowski,
Martine Lang, Cécile Fourquier et Céline Vial

Je remercie les équipes des bibliothèques d'Olivet et de St Pryvé-St Mesmin pour leur pécieuse documentation, ainsi que Christine Ason pour ses conseils d'helléniste avertie.

Une production de l'Atelier du Père Castor

METANTROPO

LE CAVALIER D'OLYMPIE

Castor Poche Flammarion

Jason était un orphelin aux yeux humides.
Les embruns de la Méditerranée pour seul horizon
et un inconsolable chagrin dans son sillage,
son regard naviguait sans pavillon depuis le jour où,
à l'âge de cinq ans, il avait perdu ses parents.
Pourtant, son histoire est l'une des plus belles
qu'il m'ait jamais été donné de voir.
Une histoire écrite avec la sueur de son front,
à la flamme de son cœur,
sur la ligne, toujours droite, de son regard…
Zeus

Chapitre I

Près d'Athènes, Ve siècle avant J. – C.

Le petit bateau de pêche glissa sur le sable de la plage. Jason sauta à terre et le tira au sec. Pendant ce temps, son oncle Denys décrocha la voile.

Tous leurs gestes s'enchaînaient avec fluidité. Des gestes répétés des milliers de fois, devenus instinctifs.

Ils étalèrent la voile sur le sol et y jetèrent leurs poissons.

— Par le trident de Poséidon, le fleuve océan* nous a gâtés aujourd'hui ! s'écria Jason.

* La mer Méditerranée.

Denys sourit. Il aimait voir son neveu, d'ordinaire si taciturne, rire ainsi à la vie. Surtout après une dure matinée de pêche.

Lorsqu'ils eurent fini de charger la voile, ils la transportèrent jusqu'à leur maison.

C'était une petite bâtisse en torchis*, plantée au bout de la plage. Elle ne comportait qu'une seule pièce meublée sommairement.

Une table basse, flanquée de deux couches, occupait le mur du fond. Constituées d'un cadre en bois habillé de laine de brebis, ces banquettes étaient utilisées à la fois pour dormir et prendre les repas.

Sur le mur d'en face, juste au-dessous de l'unique fenêtre, trônait un four en pierre. Denys l'avait construit lui-même et en était très fier. Il aimait à dire que si la mer détruisait un jour leur maison, jamais elle n'emporterait son four…

Près de la fenêtre, étaient suspendus de petits sacs d'herbes aromatiques, des oignons tressés et quelques ustensiles de cuisine. Enfin, soigneusement rangées sous un banc, des jarres et des amphores contenaient les produits de base, farine, huile, vin, olives ou figues.

* Mélange d'argile mouillée et de paille hachée.

Jason et son oncle déposèrent leur pêche à l'ombre de la maison. Redia, la brebis, passa la tête par la barrière de son enclos et les observa avec curiosité.

— C'est bien toi la plus heureuse ! s'exclama Denys en s'essuyant le front.

Derrière la maison s'étendait un terrain en friche. Bordé par des rochers à l'ouest, au nord et à l'est, Denys et Jason l'avaient clos par une barrière au sud. C'était là que Redia, la brebis, passait la majorité de son temps, à l'ombre de trois oliviers. Sa seule contrainte consistait à offrir à ses maîtres sa laine et son lait.

Parfois, Jason enviait Redia. Du haut de ses quinze ans, il trouvait la vie de pêcheur rude et contraignante.

Le matin, il fallait se lever à l'aube pour accomplir un travail harassant. Pas une seule minute de répit ne venait ponctuer les heures où son oncle et lui étaient en mer. Et lorsqu'ils rentraient enfin à terre, en fin de matinée, c'était pour repartir, à pied cette fois, vendre ou troquer leurs poissons à Phalère ou à Athènes.

Jason et Denys s'agenouillèrent devant les poissons et commencèrent à les trier. Les pièces les moins belles et, par conséquent, les plus difficiles à vendre, étaient écartées et jetées dans un grand vase, pour l'ordinaire. Toutes les autres étaient gardées.

— Phalère ou Athènes? demanda Jason bien qu'il connût déjà la réponse.

— Athènes, répondit Denys.

Le port de Phalère était tout près de chez eux. Mais ils s'y rendaient seulement les jours où ils avaient peu de poissons à vendre. Denys les réservait à deux familles de commerçants avec lesquelles il faisait affaire depuis longtemps, ainsi qu'à un agriculteur qui lui offrait en échange des sacs de froment. Après une matinée de pêche peu fructueuse, décourageante et fatigante, Jason appréciait la proximité de Phalère.

Athènes, elle, était beaucoup plus loin. Et même si l'on pouvait voir briller le casque et la lance d'Athéna* depuis la plage où vivaient Denys et son neveu, il fallait une bonne heure et demie pour atteindre l'agora*. Malgré cela,

* Statue en bronze de 9 mètres de haut, située sur l'Acropole. Athéna, déesse d'Athènes, était la déesse de la Guerre, de la Sagesse et des Artisans.

* Immense place où se tenait, entre autres, un grand marché. Paysans, pêcheurs et artisans y venaient vendre leurs produits. Le mot grec *agoradzo* signifie « acheter ».

Jason aimait s'y rendre. Le grand marché d'Athènes représentait la récompense d'une pêche abondante et l'assurance de rapporter à la maison une multitude de provisions.

Lorsqu'ils eurent fini le tri, Jason et son oncle chargèrent les deux traverses de la voile sur leurs épaules et prirent le chemin de la ville.

Le soleil était presque au zénith. La chaleur noyait l'extrémité du sentier dans une atmosphère épaisse et vibrante. Courbés sous leur fardeau, Jason et Denys avançaient pourtant le cœur léger. Ils se racontaient les anecdotes du matin, discutaient des futures ventes.

Bientôt, ils atteignirent le grand marché. Le son feutré des cigales céda la place à la rumeur de la ville. L'agitation des lieux les absorba. Ils se faufilèrent à travers la foule. Des amis les saluèrent, certains échangèrent quelques mots avec eux. Bientôt, Denys trouva un endroit où s'installer.

Jason adorait l'ambiance chaude et animée de l'agora. Les discours enflammés de quelques citoyens parlant politique côtoyaient ceux, plus matérialistes, des commerçants à leurs clients. Mais c'était la faconde* de son oncle qui l'im-

* Grande facilité à parler.

pressionnait le plus. Denys savait attirer le chaland et négocier au mieux chaque vente, chaque échange.

Ce jour-là, ses talents leur avaient permis de gagner trois pièces d'argent et de convertir le produit de leur pêche en provisions nombreuses et variées. À tel point que la voile de leur bateau était maintenant plus chargée qu'à l'aller.

Ils marchaient lentement sur le chemin du retour, sachant qu'il leur faudrait près de deux heures pour rentrer, mais ils étaient satisfaits de leur matinée.

— Dès que nous arrivons, décida Denys, je nous prépare deux daurades à l'huile d'olive.

— Par Zeus, voilà une excellente idée ! s'exclama Jason.

Il regarda son oncle en souriant. Il était bien avec lui. Cependant, il ne pouvait s'empêcher de rêver d'autres horizons. Au fond de lui, il sentait que son destin était ailleurs. Ce sentiment avait grandi en lui au fil des années et lui paraissait plus pesant de jour en jour.

Denys s'arrêta, posa la voile au sol et montra un arbre dans un champ voisin :

— Va nous chercher des feuilles dans ce figuier. J'envelopperai les daurades dedans pour les faire cuire sous la cendre.

Jason lâcha la voile et partit en courant.

L'arbre était situé au sommet d'une légère éminence. Le jeune pêcheur traversa des massifs de genêts et grimpa jusque-là.

Au fur et à mesure qu'il se rapprochait du figuier, il percevait des clameurs semblables à des cris de joie. Elles semblaient venir d'un point situé au-delà du monticule.

— Quelle est donc cette liesse ? se demanda Jason.

Curieux, il avala les derniers mètres qui le séparaient du sommet et jeta un œil de l'autre côté.

Denys regardait son neveu sans comprendre. Pourquoi celui-ci se désintéressait-il du figuier ? Que faisait-il, ainsi figé, au sommet de cette butte ? Qu'y avait-il de si captivant de l'autre côté ?

— Jason ! cria son oncle. Que fais-tu ? Dépêche-toi !

Mais Jason ne l'entendait pas. Le spectacle qu'il venait de découvrir l'avait brusquement enivré. Son cœur s'emballa, ses tempes frémirent, un mystérieux émoi l'envahit…

Devant lui, légèrement en contrebas, dans une vaste carrière, un jeune homme galopait sur un étalon gris. Des dizaines de spectateurs, installés sur des rochers, l'encourageaient, hurlant et gesticulant. Le cavalier abordait la dernière courbe. Le bruit envoûtant des sabots sur la piste s'amplifia.

Jason sentit sa cage thoracique vibrer au rythme du galop. Il ne parvenait plus à détacher son regard du cheval. Comme hypnotisé, il descendit en direction du cavalier qui avait fini sa course et s'approchait lentement de son public.

Denys appela encore Jason, mais en vain. Il vit son neveu disparaître derrière le tertre.

Jason rejoignit les spectateurs et accosta l'un d'eux :

— Qui est-ce?

L'homme le toisa.

— Mais c'est Cléandre! répondit-il, offusqué par tant d'ignorance.

— Cléandre? répéta Jason.

L'homme haussa les épaules et l'abandonna à ses interrogations.

Tout le monde s'avançait maintenant vers le jeune homme. Jason fit de même et découvrit alors un autre personnage, debout devant le cheval gris. Plus âgé que le cavalier, sa mise était celle d'un riche hellène. Il portait un chiton* de lin, d'élégantes sandales et protégeait son crâne chauve d'un pétase* de feutre.

D'un geste théâtral, il ajusta sa tunique sur ses épaules et leva les bras. Comme par magie, le brouhaha de la foule s'évanouit. Jason comprit plus tard pourquoi. Cet homme, nommé Ploutos, était un noble du quartier de Scambonidaï au passé glorieux.

— Par Zeus, que t'arrive-t-il, Cléandre ? Ton cheval file comme un épervier dans le vent, mais tu ne le domines pas !

— Aéros est fougueux, mon père, se justifia l'adolescent.

— Justement ! C'est bien là ta chance ! Mais si tu veux gagner à Olympie, il faut que tu sois à la hauteur de ta monture !

Cléandre baissa les yeux. Son père était intransigeant avec lui mais il avait raison. Autrefois, dans ses jeunes années, Ploutos avait été champion de course équestre et il avait brillé aux Jeux d'Olympie. Aussi, ses conseils étaient toujours judicieux.

— Lorsque tu abordes une courbe, maîtrise

* Tunique grecque.

* Chapeau à larges bords, muni d'une bride. C'est la coiffure habituelle du dieu Hermès, chargé des missions de l'Olympe.

la trajectoire de ton cheval, ne le laisse pas aller où il veut, précisa Ploutos.

Cléandre serra les dents, leva le menton, et déclara :

— Je vais recommencer !

Le public cria sa joie. Ploutos sourit.

Jason regarda l'étalon repartir au galop et se mit à rêver…

Chapitre 2

Assis sur la plage, Jason était perdu dans ses pensées.

Cette première rencontre avec Aéros, Cléandre et Ploutos, il s'en souvenait comme si c'était hier. Et pourtant, cela faisait déjà un an. Un an merveilleux où tous les après-midi, malgré la fatigue de son labeur, il partait retrouver l'ambiance magique de la carrière ; où toutes les nuits, il rêvait d'un cheval qui l'emmenait vers les sommets de l'Olympe.

Jason sortit de ses rêveries.

Un bruit résonna dans la nuit. Cela ressemblait à un cri lointain, comme un appel lancé par un…

« Non ! se dit Jason. Ce n'est pas possible... »

Il leva la tête, prêta l'oreille, tentant de faire abstraction du vent violent et du ressac qui grondaient. Il inspecta la plage, à droite, puis à gauche, lorsqu'un nouvel appel retentit.

Cette fois, Jason l'identifia avec certitude, il s'agissait bien d'un hennissement.

Il tourna la tête. Assez loin, sur sa droite, dans l'ombre d'un rocher, une silhouette bougea. L'adolescent se leva et marcha lentement dans cette direction.

Plus il avançait, plus il se demandait ce que tout cela signifiait. Que pouvait bien faire un cheval ici ? Quel était donc ce sortilège ?

Jason approchait du rocher. Nouveau hennissement.

L'adolescent sentit monter en lui cette griserie qui l'avait étreint un an plus tôt.

Bientôt, la silhouette se précisa.

— C'est bien un cheval ! murmura-t-il.

Comment expliquer la présence de l'animal sur cette plage ? Était-ce un cadeau de Zeus ? Un tel présent à un pauvre mortel comme lui ? Jason se dit qu'il en avait tellement rêvé qu'un dieu s'était peut-être penché sur son destin.

Il n'était plus qu'à quelques pas du cheval

quand celui-ci s'enfuit soudain. Il galopa sur plusieurs dizaines de mètres puis s'arrêta.

Jason comprit qu'il ne rêvait pas. Le bruit feutré des sabots sur le sable humide résonnait encore dans ses oreilles. Ce n'était plus ce son dur et sec qu'il avait eu l'habitude d'entendre pendant un an à la carrière. Ce n'était pas un son sortit de sa mémoire ou de son imagination. C'était le son de la réalité.

L'adolescent reprit sa lente progression. L'animal le regardait avancer en piaffant.

Jason s'arrêta. Le cheval s'immobilisa. Chacun observa l'autre.

Un rayon de lune éclairait l'animal, lui conférant une impressionnante majesté. Sa robe alezane* renvoyait la lumière, au moindre frémissement de ses muscles.

Le jeune pêcheur resta en admiration pendant de longues minutes. Il aurait tout donné pour pouvoir caresser l'animal. Une simple caresse, du bout des doigts. Il avança encore d'un pas et le cheval détala de nouveau. Mais cette fois, il ne s'arrêta qu'après un long galop, au bout de la plage.

L'adolescent courut vers la minuscule sil-

* D'un brin tirant sur le rouge.

houette qui n'était plus qu'un point. Il était en train de longer le rivage lorsqu'une forme, échouée sur le sable, attira son attention. Il s'en approcha et réalisa qu'il s'agissait d'un homme.

Un naufragé.

Allongé sur une planche, ses jambes étaient encore dans l'eau.

Jason le retourna sur le dos et colla son oreille à sa poitrine.

— Il respire encore ! constata-t-il soulagé.

Jason jeta un coup d'œil en direction du cheval, toujours immobile au loin, et soupira. Son devoir le retenait ici, près de cet homme, il en était conscient.

Jason tira le naufragé sur le sable sec et l'examina de la tête aux pieds. Celui-ci n'avait pour toute blessure qu'une bosse sur le front. Mais son visage était blafard et sa peau froide.

Alors, Jason se leva et courut chercher son oncle.

Chapitre 3

Le naufragé était toujours inconscient. Denys et son neveu l'avaient enveloppé dans un himation* en laine de brebis et installé près du four en pierre, rallumé pour la circonstance.

— Il commence à reprendre des couleurs, remarqua Jason.

— Oui, fit simplement son oncle en attisant le feu.

L'adolescent saisit les mains de l'homme dans les siennes :

— Il se réchauffe.

* Grande draperie en forme de carré ou de rectangle, attachée autour du cou ou sur l'épaule et utilisée comme manteau.

— Tant mieux.

Denys se pencha vers le naufragé et lui tapota les joues.

— Doucement, mon oncle, dit Jason, ce malheureux vient de subir les foudres de Poséidon…

Mais le pêcheur ignora la remarque :

— Regarde… Ton gaillard est plus solide que tu ne le crois…

L'homme ouvrit les yeux et fixa ses deux sauveurs tour à tour.

— Qui… Qui êtes-vous ? demanda-t-il d'une voix mal assurée.

— Je m'appelle Denys, et voici mon neveu, Jason. C'est lui qui t'a découvert, inanimé, sur la plage, tout près d'ici. Et toi, qui es-tu ?

— Je… commença l'homme.

Mais il s'interrompit. Hébété, il regarda Denys, puis Jason.

— Je… répéta-t-il.

Il se redressa, secoua la tête :

— Je ne sais pas…

— Comment ça, tu ne sais pas ? s'étonna Denys.

Le naufragé inspira, puis tourna la tête vers le mur blanc. Les yeux dans le vague, il tentait de rassembler ses pensées.

— Je ne me souviens plus de rien… C'est comme si quelqu'un avait vidé ma mémoire…

— Quelle étrange chose ! s'exclama Jason.

Denys se leva, alla chercher un morceau d'artos* dans une jarre et le tendit à l'homme :

— Tiens, prends des forces, étranger. Demain, après une bonne nuit de sommeil, tu auras peut-être retrouvé cette mémoire qui te fait défaut.

Il se tourna vers Jason et dit :

— Demain, nous n'irons pas en mer. Le grain* qui se prépare ne me dit rien qui vaille. De toute façon, nous avons suffisamment de provisions pour l'instant. Une journée de repos ne nous fera pas de mal, à notre hôte non plus d'ailleurs…

L'adolescent sourit. Il savait que cette décision avait une autre raison.

Son oncle lui rendit son sourire et cligna de l'œil :

— Et puis, d'après ce que j'ai cru comprendre, tu as quelque chose d'important à terminer cette nuit…

Jason sentit une bouffée de bonheur gonfler

* Galette de froment.

* Coup de vent accompagné d'averses.

sa poitrine. Son oncle était vraiment un être d'exception. Il le serra dans ses bras et, la gorge nouée par l'émotion, il articula péniblement un « merci ».

— Ne me remercie pas, Jason. Je sais à quel point ce cheval est important pour toi.

Denys s'écarta de son neveu et saisit un petit sac de figues :

— Tiens, prends ça, et bonne chance !

Chapitre 4

Il fallut près d'une demi-heure à Jason pour retrouver les traces du cheval. Celui-ci avait continué de longer la plage mais avait finalement été arrêté par une falaise qui lui barrait le passage.

En apercevant l'adolescent, le cheval hennit nerveusement et caracola le long des rochers.

Jason s'immobilisa et s'accroupit. L'animal se calma peu à peu.

Le jeune pêcheur s'assit par terre et l'observa. Le vent s'était apaisé, la mer aussi. Il avait l'impression que rien ne pouvait perturber ces retrouvailles, à présent. Il prit donc le parti de la patience et se contenta d'admirer le cheval.

Ce tête-à-tête dura trois heures.

Des heures interminables pour l'animal qui s'interrogeait sur les intentions de son interlocuteur.

Des heures légères, des heures bonheur, pour Jason qui découvrait peu à peu l'objet de ses rêves : une jument alezane portant sur la tête une marque en forme d'étoile.

Lorsque Jason sortit de ses pensées, elle était toujours immobile, à quelques dizaines de mètres de lui. Elle devait commencer à trouver le temps long car elle se remit à longer la falaise.

Le jour commençait à poindre.

L'adolescent sentit son estomac se révolter. Il sortit une figue de son sac et mordit dedans.

La jument aperçut son geste, s'immobilisa.

De nouveau, ils se regardèrent. Intensément.

— Tu es affamée, murmura Jason en continuant de manger.

Pour toute réponse, l'animal fit deux pas dans sa direction.

Jason saisit une autre figue et la lui tendit. Mais la jument n'en avança pas plus.

— Affamée, mais apeurée aussi, on dirait, ajouta-t-il.

Il réfléchit, puis lança le fruit, qui roula sur

plusieurs mètres et s'arrêta à quelques pas de la jument.

Elle regarda la figue, puis Jason, puis de nouveau la figue. Ce fruit lui faisait envie, c'était une évidence, mais pour s'en saisir, il lui fallait se rapprocher davantage encore de cet humain.

Ami ou ennemi ?

L'animal réfléchit de longues minutes puis fit son choix. Il avança de trois pas et saisit délicatement la figue sans néanmoins quitter l'adolescent du regard.

La jument dut apprécier le jus sucré du fruit car elle hocha la tête de haut en bas et se hasarda d'un pas supplémentaire vers Jason. Mais elle s'arrêta immédiatement, retenue par la prudence.

L'adolescent sourit.

— Viens, tu n'as rien à craindre de moi, assura-t-il d'une voix douce. Je suis ton ami, je ne te veux pas de mal.

Il prit une troisième figue dans son sac mais, cette fois, il ne la lança pas. Il la posa dans sa paume et tendit le bras.

— Tiens, celle-ci aussi est pour toi.

La jument observa un instant le jeune pêcheur, puis avança d'un pas hésitant dans sa direction. Elle s'arrêta à deux mètres de lui.

— Viens, viens la prendre dans ma main. Je veux simplement être ton ami, continua Jason.

Mais l'animal n'osait pas.

— Regarde, insista l'adolescent en posant la figue par terre devant lui, elle est à toi, rien qu'à toi. Tu n'as plus qu'à te pencher pour l'attraper.

Tandis que la jument avançait d'un nouveau pas, Jason plongea la main dans son sac pour en tirer une autre figue.

L'animal baissa la tête avec prudence et saisit le fruit. L'adolescent se contenta de l'observer. Puis, très lentement, il se redressa et lui tendit une autre figue.

Les lèvres du cheval se retrouvèrent bientôt à quelques centimètres de sa paume. Ils restèrent de longues minutes, tous les deux immobiles, les yeux dans les yeux.

Jason retenait son souffle, se gardant de dire le moindre mot. Cet instant était pour lui le plus beau et le plus intense de toute sa vie. Il entendait la respiration de la jument, il pouvait même voir l'écume de la mer se refléter dans son regard.

La figue était posée dans sa main, comme le fruit d'une confiance partagée, la clé d'une amitié possible…

N'osant faire un pas vers la jument, de peur de l'effrayer, Jason décida de franchir cette distance avec son cœur : il ferma les yeux et retint son souffle.

Quelques secondes plus tard, il sentit les lèvres et le souffle chauds de la jument sur sa main.

Jason comprit alors qu'ils étaient en train d'écrire les premières lignes d'une merveilleuse histoire d'amitié…

Chapitre 5

Lorsque Denys et le naufragé sortirent de la maison, le jour se levait. Jason, lui, était en compagnie de la jument dans l'enclos de Redia.

— Par tous les éclairs de Zeus ! s'exclama le pêcheur. Tu as réussi ! ?

Devant cette apparition soudaine et bruyante, l'animal se cabra et échappa aux caresses de l'adolescent.

— Là ! Tout doux, ma belle !

Jason tenta de le calmer mais en vain. Le cheval caracola dans l'enclos, tête baissée.

Les deux hommes s'avancèrent vers la barrière et s'y accoudèrent. Alors, en les découvrant, la jument s'apaisa subitement. Elle se dirigea vers le naufragé et l'observa.

— On dirait qu'elle te connaît, étranger ! fit remarquer Jason.

L'homme fit la moue :

— Oui, dommage qu'elle ne puisse me redonner la mémoire…

Il tendit la main, la jument se laissa caresser.

Denys grimpa sur la barrière et expliqua à Jason :

— Notre ami est bel et bien amnésique. Nous avons essayé ensemble de retrouver des bribes de son passé mais il ne se souvient de rien.

Jason tenait un lien de cuir dans sa main. Il le tendit à l'étranger en disant :

— Lorsque j'ai trouvé Chrestia, elle portait cette bride autour du cou…

— Chrestia ? répéta son oncle.

— Oui, Chrestia*, c'est le nom que j'ai donné à ma jument. Je l'ai appelée comme ça à cause de l'étoile qu'elle porte sur le chanfrein*. C'est un signe : elle est arrivée dans ma vie comme une bonne étoile.

— Ta jument, ta jument, tempéra Denys,

* *Chrestia* signifie « La Favorable ».

* Partie de la tête des chevaux de la base du front au nez.

tu y vas un peu fort. Cette jument appartient peut-être à quelqu'un.

Il se tourna vers le naufragé qui inspectait la bride :

— Peut-être à notre ami naufragé?...

Celui-ci montra un marquage dans le cuir :

— Je ne sais pas. Regardez ce symbole, une demi-lune décorée de la lettre Alpha, certainement l'emblème du propriétaire de cet animal. Mais cela ne me dit rien, rien du tout. Si cette jument me connaît c'est peut-être que nous étions sur le même bateau, cela ne signifie pas pour autant qu'elle m'appartient.

Il se tourna vers Jason et poursuivit :

— Occupe-t'en, mon grand, tu as l'air de l'adorer. Tant que personne n'est capable de prouver qu'elle lui appartient, considère qu'elle est à toi.

Un large sourire éclaira le visage de l'adolescent :

— Merci... euh...

— Tu n'as qu'à m'appeler Nautês*, en attendant que je retrouve mon vrai nom, celui-là fera l'affaire.

* « Le Navigateur ».

Denys posa la main sur l'épaule de l'amnésique et confia, joyeux, à Jason :

— J'ai une autre bonne nouvelle à t'annoncer : Nautês va vivre avec nous un moment. Le matin, nous irons pêcher tous les trois et, l'après-midi, il m'accompagnera au marché. Cela te permettra de t'occuper de Chrestia.

Jason resta sans voix. Il déglutit, tenta d'articuler un « Je... vous... » puis, la gorge serrée, il étreignit son oncle.

Chapitre 6

Chrestia faisait partie de la famille depuis seulement dix jours et déjà une solide amitié l'unissait à Jason. Celui-ci n'avait eu aucun mal à monter la jument, qui lui avait rapidement donné sa confiance. Sans doute était-elle habituée à ce genre d'exercice car, en moins d'une semaine, Jason put passer du pas au galop.

Tous les après-midi, ils partaient en balade sur la plage, puis grimpaient vers un sentier forestier où Chrestia trouvait l'essentiel de ses repas. La faculté de sa jument à se nourrir toute seule d'une multitude de choses différentes, laissait l'adolescent admiratif.

Un ami de son oncle, armateur commerçant,

lui avait expliqué que sa monture était visiblement de type syrien* et que sa terre d'origine était très rude. En Syrie, l'herbe ne poussait qu'en hiver et au début du printemps, et les chevaux menaient une vie véritablement spartiate durant une bonne partie de l'année. On les nourrissait du peu dont on disposait, lait de chamelle, dattes et même sauterelles !

Chrestia possédait de nombreuses autres qualités, dont Jason s'émerveillait sans cesse. Elle était robuste, débrouillarde, intelligente, adroite... Mais celle qui le séduisait par-dessus tout était sa vitesse de course.

Tous les jours, Jason s'amusait à remonter la plage au triple galop sur des distances de plus en plus longues. Les cheveux dans le vent, le visage battu par les embruns, il commençait à prendre goût à la griserie de la vitesse. Ces plaisirs partagés avec Chrestia l'amenèrent bientôt à comprendre la vie merveilleuse de Cléandre. Cléandre qu'il n'était pas allé voir depuis dix jours...

Jason rentrait chez lui au pas, faisant marcher sa jument dans l'écume du rivage. Il se posait des questions sur le jeune champion. Il

* Actuellement, nous dirions « arabe ».

se demandait si, avec les exigences de son père, Cléandre était vraiment heureux de courir ainsi tous les jours ; si son cheval était plus rapide que Chrestia.

Jason en était là de ses réflexions quand il atteignit la maison. Il descendit de cheval, sans lâcher la bride, et se dirigea vers Denys et Nautês qui étaient assis à l'ombre de la bâtisse.

— J'ai pensé à quelque chose... commença-t-il.

— Quoi donc ? demanda son oncle.

— J'ai seize ans, je suis adulte maintenant, je possède un cheval... Je pourrais participer aux Jeux d'Olympie...

Denys fit la moue, puis sembla réfléchir.

Nautês se tourna vers Jason :

— Les Jeux d'Olympie ? C'est quoi ?

— Ce sont des jeux sportifs qui ont lieu tous les quatre ans, durant le mois sacré*, expliqua le jeune pêcheur. Ils se déroulent à Olympie et tous les champions hellènes s'y retrouvent. Pendant cette période, les hostilités cessent pour faire place à une saine compétition.

Denys regarda son neveu et exprima le fruit de ses réflexions :

* Période correspondant à juillet-août.

— Tu es un citoyen libre, tu n'as jamais subi de condamnation. Les courses de chevaux montés sont réservées aux adultes mais, effectivement, tu es adulte. Rien ne t'empêche de participer aux Jeux, mais…

— Mais quoi ?

— Es-tu sûr d'avoir tes chances ?

— Chrestia est rapide, mon oncle.

— Soit. Mais le cheval de Cléandre l'est aussi. Rappelle-toi à quel point tu étais impressionné par ses performances.

— Chrestia aussi est impressionnante.

Denys souffla. Son neveu était aveuglé par la confiance et l'affection qu'il portait à sa jument. Il savait qu'au fond de lui Jason avait déjà pris la décision de participer.

— Bien, fit le pêcheur, tu veux concourir et je suis d'accord pour t'aider. Mais il ne faut pas oublier que Cléandre et son étalon s'entraînent déjà depuis des mois. De plus, ils disposent certainement d'un terrain reprenant les dimensions exactes de l'hippodrome d'Olympie…

— J'irai en mesurer la longueur cette nuit, lança Jason.

— Attends ! Je n'ai pas fini ! Courir cette même distance sur la plage ne suffit pas pour pouvoir comparer vos performances, il faut aussi que tu saches en combien de temps Cléandre boucle l'épreuve !

Un épais silence succéda aux paroles de Denys. Mesurer une distance était chose facile mais le temps !... La position du soleil ou de la lune pouvait bien donner une idée sur une longue durée, mais comment calculer le temps si court d'une course hippique ?...

— Nous pourrions compter ? suggéra Nautês.

— Oui ! C'est une bonne idée ! renchérit Jason.

Mais Denys hocha la tête :

— Non, ce n'est pas assez fiable. Il est impossible de compter deux fois à la même cadence.

Nouveau silence. Chacun réfléchissait, visage fermé.

Machinalement, Nautês prenait une poignée de sable, la laissait s'écouler dans l'autre main, puis inversement.

Denys le regardait faire sans vraiment le voir, perdu dans ses pensées, quand soudain son regard se figea sur ce geste. Il se leva brusquement et partit dans la maison. Lorsqu'il en ressortit, il tenait deux gros coquillages et un couteau de bronze.

— J'ai trouvé ! s'écria-t-il en brandissant le tout.

Les autres le regardèrent, incrédules.

Denys s'installa à genoux dans le sable. Il perça un petit trou dans l'un des coquillages, puis le remplit de sable en le tenant au-dessus de l'autre.

Jason et Nautês regardèrent le sable s'écouler lentement.

— Par Zeus ! s'exclama Jason. Ta trouvaille est lumineuse !

— Ce n'est pas ma trouvaille, corrigea Denys, c'est le même principe que la clepsydre*. Cela m'est venu en voyant Nautês verser du sable d'une main dans l'autre.

— En tout cas, commenta Nautês, voilà un merveilleux outil pour comparer les performances de Jason à celles de Cléandre.

— Oui, conclut l'adolescent, et je vais enfin savoir si Chrestia et moi avons nos chances pour les Jeux d'Olympie !

* Appelée aussi horloge à eau. Le goutte-à-goutte d'un récipient dans un autre permettait, au tribunal grec, d'attribuer un temps de parole égal à chaque orateur.

Chapitre 7

Le sablier de Denys avait dû subir quelques améliorations. On avait tamisé, calibré le sable afin d'obtenir un filet régulier, puis évalué la dimension du trou pour adapter la durée de l'écoulement à celle de la course.

Jason, accompagné de son oncle et de Nautês, était allé assister à l'entraînement de Cléandre. Il leur avait fallu revenir plusieurs jours de suite pour calculer la quantité exacte de sable nécessaire et étalonner ainsi au plus juste les meilleures performances du jeune Athénien.

Quant à la longueur de la piste, elle était de quatre stades* et Jason l'avait reproduite avec

* Le stade était une unité de mesure correspondant à 192, 27 mètres.

exactitude sur la plage. Il avait calculé un aller de deux stades et un retour identique de façon à ce que le demi-tour s'opère sur la partie la plus large du rivage.

Ce terrain d'entraînement ne possédait pas la forme arrondie de celui de Cléandre mais Denys affirmait que la difficulté était semblable.

L'adolescent s'y entraînait depuis presque huit mois. Les premières semaines, Nautês alla discrètement prendre les temps de Cléandre afin de mieux guider Jason.

Au début, seuls des amis pêcheurs de la côte venaient le voir. Puis, la nouvelle se répandit sur le port de Phalère, atteignit Athènes, et bientôt un petit groupe de spectateurs, admirateurs ou simples badauds, assistèrent quotidiennement à ses entraînements.

Jason sentait ses forces et sa détermination croître avec les encouragements de son public. Lorsqu'il terminait un tour, il ne manquait jamais d'adresser un sourire ou un mot aimable à ceux qui le soutenaient.

Denys, assis sur la barrière de l'enclos, observait son neveu en souriant. Jamais il ne l'avait vu si rayonnant de joie. Sa rencontre avec Chrestia l'avait transformé. Ses yeux n'étaient plus accrochés à un douloureux passé, ne cherchaient plus de vaines lumières dans un étroit horizon. À présent, la vie riait dans le regard de Jason avec un tel éclat qu'elle devenait une évidence.

Une larme de bonheur coula sur la joue de Denys. D'un geste discret, il l'essuya du bout des doigts. « Par Zeus, pensa-t-il, je ne vais pas me mettre à pleurer comme une femme, maintenant ! » Il gonfla ses poumons, inspira l'air du large et descendit rejoindre ses amis pêcheurs.

— Le petit ira à Olympie ! dit-il alors que Jason achevait sa course sous l'œil critique de Nautês, chargé du chronométrage. Il a une âme de champion !

— Oui, confirma Cléon, un voisin de Phalère, Jason prouvera que la victoire n'est pas l'apanage des riches !

— Voilà des paroles pleines de bon sens ! ajouta un autre.

Puis, se tournant vers Denys, il continua :

— De plus en plus de gens modestes sont derrière le petit et croient en sa victoire. Nous l'accompagnerons tous à Olympie et, avec l'aide de Poséidon, Jason montrera de quoi est capable un pêcheur !

Près d'eux, les spectateurs laissaient exploser leur enthousiasme à l'arrivée de l'adolescent. Celui-ci les salua puis se pencha vers Nautês :

— Alors ?

— Tu y es presque. Encore quelques jours d'entraînement et je suis persuadé que tu battras Cléandre.

— Je le battrai ! confirma Jason en souriant.

Soudain, l'effervescence du public se mua en une sourde vague de chuchotements.

L'adolescent et Nautês levèrent les yeux et virent la frange de spectateurs s'écarter sur le passage de deux personnages à cheval, encadrés par une foule de courtisans.

Prudemment, Denys se rapprocha de son neveu car, comme lui, il avait reconnu Cléandre et son père.

Les chuchotements firent place au silence.

— Ainsi, voilà le pêcheur qui veut concurrencer mon fils ! s'exclama Ploutos.

Derrière lui, les courtisans ricanèrent.

Jason et Denys échangèrent un regard. Le second avait prévu cette rencontre depuis longtemps et ils en avaient déjà parlé ensemble. Ils avaient décidé, quoi qu'il arrive, de ne pas baisser l'échine devant Ploutos, aussi riche et puissant qu'il fût.

Jason se rappela des paroles de son oncle :

«Lorsque tu t'adresseras à ces gens, que tes mots expriment la détermination et la loyauté, et surtout, reste toujours poli et courtois. Plus tu seras pur dans ton comportement, et plus tu seras fort et présent dans le cœur du public.»

Il inspira et répondit d'une voix qui ne tremblait pas :

— Non, je ne veux concurrencer personne, je veux simplement gagner à Olympie.

Les ricanements cessèrent brusquement. Ploutos resta un instant muet, troublé par cette réplique. Puis, se ressaisissant, il éclata de rire pour se donner bonne contenance :

— Ah ! Ah ! Ah ! Ah ! Vous entendez ? Ce pêcheur se voit champion à Olympie !... Pour être le champion, il faut être le meilleur, petit ! Tu prétends être le meilleur de l'Attique mais pour cela il faut d'abord battre le champion d'Athènes. Voilà ce que je te propose : faites la course, toi et mon fils, et le vaincu laissera l'autre représenter la cité à Olympie.

Cléandre serra les poings. Ce qu'avait décidé son père n'était pas de son goût. Il le lui avait déjà dit. D'après la rumeur locale, Chrestia était très rapide et il craignait que Jason ne remporte cette course. Mais son père avait ignoré ses appréhensions. Il s'était même emporté, clamant qu'un champion ne doute jamais de ses possibilités et que si Cléandre refusait cette confrontation, il ne serait pas digne d'être son fils...

— Je n'ai jamais dit que j'étais le meilleur, corrigea Jason.

Il regarda Cléandre et continua :

— J'admire ton fils, il a toutes les qualités pour faire un champion à Olympie, et je ne peux accepter cette course car elle diviserait par deux les chances d'Athènes de ramener une victoire lors des Jeux.

— Ah ! Ah ! Ah ! C'est bien ce que je pensais, ce que tout le monde pensait : tu es un pleutre, tu n'as rien d'un champion !

Ploutos se tourna vers ses courtisans :

— Regardez ! Voilà le cavalier qui veut représenter notre cité à Olympie ! Un soi-disant champion qui refuse la compétition avant même qu'elle ne soit capitale !...

Des ricanements fusèrent de nouveau.

Les amis de Jason ne disaient rien, souffraient en silence, attendant que leur champion réponde à ces railleries.

L'adolescent réfléchit. Il ne pouvait pas refuser cette confrontation devant autant de témoins. Il savait à quel point les gens, surtout les bons orateurs, pouvaient être dangereux pour une réputation. S'il ne tentait rien, dans quelques jours, tout Athènes serait au courant de l'affaire. Et de sarcastiques détails viendraient l'étayer : « C'est une jument, elle ne peut être que plus lente qu'un cheval... » ; « Ce cavalier est plus à l'aise sur une barque que sur un cheval... »

Mais Jason savait également que son temps était encore, pour l'instant, légèrement supérieur à celui de Cléandre et qu'il avait plus de chances de perdre que de gagner. Il comprit qu'il lui fallait jouer serré et élabora rapidement un plan.

— Tu veux une course entre ton fils et moi ? Tu es prêt à risquer sa participation aux Jeux ? Très bien, je l'affronterai. Mais cela se fera juste avant le départ pour Olympie.

— C'est hors de question ! hurla Ploutos. Cette course aura lieu aujourd'hui, dans la carrière !

Jason sourit. Il avait habilement manœuvré et amené exactement son interlocuteur là où il le désirait. Il balaya la foule du regard et, afin de créer un contraste avec le ton agressif de l'homme, déclara d'une voix pondérée :

— Nous sommes une démocratie et chacun

a le droit de s'exprimer. Nous nous devons de veiller à l'équilibre des décisions au sein des citoyens afin que nul ne soit lésé. Par conséquent, je trouve normal que nous décidions ensemble des modalités de la course. Tu en as choisi la date et je l'accepte. Moi, je choisis le lieu : ici, sur cette plage.

Les approbations des pêcheurs répondirent aux paroles de Jason.

Ploutos sentit qu'il s'était fait prendre à son propre piège. Ses yeux roulaient dans leur orbite, il cherchait une issue à son problème sans y parvenir.

Le jeune pêcheur choisit cet instant pour refermer définitivement sa nasse :

— Mais quelque chose me préoccupe depuis le début de notre conversation. Ton fils n'a pas parlé une seule fois. Que pense-t-il de cette confrontation ? Est-il prêt à m'affronter dans une course loyale, décidée selon les règles de notre démocratie ?...

Cette relance interdit habilement à Ploutos de reprendre la parole. Impuissant, il se tourna alors vers son fils.

Cléandre n'avait jamais souhaité cette confrontation et son désir était grand de la refuser. Mais il jeta un coup d'œil vers son père et compris qu'il ne lui pardonnerait jamais s'il osait faire cela.

— Mon père a raison, déclara-t-il enfin. Affrontons-nous, et voyons qui est digne de représenter Athènes aux Jeux d'Olympie!

Chapitre 8

Les deux adolescents dirigèrent leur cheval vers la ligne de départ que Denys avait dessinée sur le sable. Les spectateurs donnèrent de la voix, chacun encourageant son représentant.

Nautês s'approcha de Jason :

— Rappelle-toi que tu es presque aussi rapide que lui. Essaie de perdre le moins de temps possible dans le virage, c'est là que tout se j…

Il s'interrompit. L'espace d'un éclair, sans qu'il ne sache pourquoi, une image s'imposa à lui. Celle d'un homme, sur le pont d'un bateau, martelant les mêmes mots : « C'est là que tout se jouera ! », et montrant au loin un cap difficile à franchir.

— Qu'y a-t-il ? s'enquit Jason.

Nautês secoua la tête :

— R... Rien... Rappelle-toi, le virage, c'est là que tout se jouera !

De son côté, Ploutos donnait ses dernières consignes à son fils.

Denys se mit devant les concurrents et leva les bras :

— Cette piste mesure quatre stades, comme l'hippodrome d'Olympie. Elle est composée de deux lignes droites de deux stades chacune et d'un tertre surmonté d'un rocher, que vous pouvez voir là-bas. C'est là que vous ferez demi-tour. Êtes-vous prêts ?

— Attendez ! coupa Ploutos.

Tous les regards se tournèrent vers lui.

Le riche Athénien redoutait cette piste de sable. Aéros n'était pas habitué à courir sur un sol meuble et il risquait de se fatiguer plus vite que Chrestia.

— L'épreuve olympique prévoit douze tours, reprit Ploutos, mais je propose que nous abrégions cette confrontation. Une seule boucle suffira à désigner le cavalier le plus rapide.

Denys fit la moue :

— Demandons ce qu'en pensent les deux principaux intéressés.

Il pointa un menton interrogateur à l'attention de Cléandre et de Jason.

— Je suis d'accord, fit le premier.

L'autre ne répondit pas tout de suite. Il réfléchissait à la proposition de Ploutos, se doutant qu'il ne l'avait pas faite sans arrière-pensée. Mais il jugea finalement que cela avait peu d'importance. Chrestia était aussi rapide sur un tour que sur douze.

— Moi aussi, finit-il par dire.

Ploutos esquissa un sourire.

— Êtes-vous prêts ? redemanda le vieux pêcheur aux deux concurrents.

— Prêt ! répondit Jason.

— Prêt ! fit Cléandre.

Denys s'écarta et cria :

— Partez !

Les deux cavaliers s'élancèrent. Aéros prit un meilleur départ que Chrestia. Jason talonna sa jument afin de rattraper son retard mais ne put revenir qu'au niveau de la croupe de l'étalon. Il serrait les dents, gardant les yeux rivés sur le tertre, et se répétait : « Tout va se jouer là-bas ! Tout va se jouer là-bas ! »

La première ligne droite touchait à sa fin.

Cléandre se rapprocha de l'intérieur de la piste afin de prendre son virage au plus court.

Jason lui, au contraire, s'écarta légèrement vers l'extérieur de façon à décrire une courbe moins serrée.

Aéros arriva le premier au tertre. Il sentit son cavalier tirer sur les rênes et freina son allure. Puis, guidé vers la droite par deux fois, il fit demi-tour et repartit en sens inverse.

Chrestia, elle, avait l'habitude de ce virage. Sans que Jason n'ait eu besoin de la diriger, elle infléchit sa course autour du tertre sans casser son rythme. L'arc de cercle très doux qu'elle suivit, lui permit de conserver une vitesse de course élevée et elle passa devant l'étalon au terme de la courbe.

Jason remonta la deuxième ligne droite avec une avance non négligeable, mais il ne s'en rendit pas compte. Évitant de se retourner, se concentrant sur la course et son assiette*, il encouragea Chrestia afin qu'elle donne son maximum.

Jason sentit la jument attaquer le sol d'un sabot plus agressif. Derrière, Cléandre tentait de refaire son retard, mais Aéros n'était visiblement pas à son aise sur un terrain si meuble et l'écart se creusa davantage encore.

* Équilibre.

Lorsque Jason franchit la ligne d'arrivée, il possédait trois longueurs d'avance. Tous ses amis s'élancèrent vers lui pour le féliciter et flatter Chrestia.

Dans le camp adverse, le silence était de rigueur.

Ploutos ignora son fils et s'avança vers Jason et les siens.

— Tu as gagné cette course uniquement grâce à la forme de la piste et à son sol de sable! s'écria-t-il.

Un brouhaha de contestations s'éleva. Les visages des spectateurs se tournèrent vers Jason.

— Ce n'est pas moi qui ai voulu cette course, répondit le jeune pêcheur.

— Sur un hippodrome digne de ce nom, mon étalon est plus rapide que ta jument! insista l'autre. N'importe quel cheval, d'ailleurs, serait plus rapide!

— Je n'ai jamais préjugé de la valeur de ton étalon, Ploutos. Moi, j'estime et je respecte mes adversaires. Aujourd'hui, j'ai gagné, maintenant, seuls les dieux sont capables de dire qui sera champion demain...

Ploutos, dépité, amorça une volte pour

rejoindre Cléandre qui, là-bas, repartait déjà, la tête basse, en compagnie de ses admirateurs.

— Tu es un habile orateur, pêcheur, mais je doute que cela suffise pour gagner à Olympie.

Jason ne prit pas la peine de répondre. Il regarda tranquillement l'homme regagner son groupe.

Malgré l'essaim d'amis qui le sollicitait, l'adolescent ne pouvait s'empêcher de penser à Cléandre. Il imaginait ce qu'il devait ressentir à ce moment-là. Cet entraînement si dur, si long, auquel il s'était astreint depuis plusieurs années, réduit à néant par la faute d'un père intolérant et mégalomane…

Ce fut la voix de son oncle qui le sortit de ses pensées :

— Mes amis, une victoire aussi éclatante, ça se fête !

Tout le monde leva le poing au ciel en criant sa joie.

Chapitre 9

Lorsque Ploutos et Cléandre rentrèrent chez eux, la nuit était presque tombée. Le mutisme dans lequel ils s'étaient enfermés durant le chemin du retour s'était fait, à présent, si lourd qu'il en devenait douloureux.

Un esclave les accueillit et emmena les chevaux.

Ignorant son père, l'adolescent courut en direction de l'andron*.

— Cléandre ! appela Ploutos.

Mais son fils ne répondit pas et disparut dans la pièce.

* Pièce réservée aux hommes, dans une maison grecque.

Il le suivit, s'arrêta dans l'encadrement de la porte, puis l'observa à la lueur de deux brûleurs à huile.

Cléandre se laissa tomber sur un divan et se pencha sur une petite table carrée. Il y saisit une coupe d'argent, la remplit d'eau et de vin, et la but d'un trait. Puis, la gardant entre ses mains, il la fit rouler dans ses paumes, les yeux dans le vague.

— Je n'avais aucune raison d'affronter ce pêcheur.

Sa voix résonna dans la pièce. Ses mots, vibrants comme une lame de couteau, en avaient aussi la couleur assassine.

Mais Ploutos les trouva moins douloureux que le silence.

— Tu es le meilleur, répondit-il. Personne ne peut prendre ta place.

— Personne ne voulait prendre ma place ! Nous aurions très bien pu représenter la cité tous les deux aux Jeux !

Ploutos s'approcha de son fils. Les flammes des brûleurs vacillèrent sur son passage. Il s'assit face à lui sur un autre divan :

— J'ai fait ça pour toi, Cléandre, je voulais que tu sois le seul représentant d'Athènes, je voulais que tous les Athéniens soient derrière toi.

L'adolescent reposa la coupe sur la table :

— Tu as fait ça pour moi ? Non, je ne crois pas. Tu as fait ça pour toi, pour ceux du clan. Comme tous les Eupatrides*, tu n'acceptes pas qu'un simple pêcheur puisse participer aux Jeux. Mais moi, j'en ai rien à faire des Eupatrides et...

Il n'eut pas le temps de terminer sa phrase. Son père le gifla violemment.

Leurs regards se croisèrent.

Ploutos chercha à percer les pensées de son fils. Comment celui-ci pouvait-il outrager de la sorte la puissance et les privilèges que lui offraient ses nobles origines ?

— C'était mon rêve de pouvoir participer à ces Jeux... gémit Cléandre, les larmes aux yeux.

Il se leva et se dirigea vers la porte.

* La société athénienne était composée de clans aristocratiques (riches propriétaires terriens). Les plus anciens et les plus puissants s'étaient surnommés les Eupatrides car ils prétendaient descendre d'un héros et être à l'origine de la fondation d'Athènes. À l'époque où se situe cette histoire, les réformes démocratiques tendaient à diminuer le pouvoir de ces clans qui voulaient tout régenter et conserver leurs privilèges.

— Où vas-tu ?

Cléandre s'arrêta, se tourna vers son père et dit :

— Je vais demander à ce pêcheur la permission de concourir à ses côtés.

À ces mots, Ploutos bondit de son divan. Il attrapa son fils par le bras et prit un air sévère :

— Il est hors de question qu'un homme de ton rang se rabaisse ainsi devant un vulgaire pêcheur !

Cléandre fixa son père, puis lâcha, les dents serrées :

— Les nouvelles lois démocratiques ne prônent-elle pas l'égalité citoyenne ?

— Quelle absurdité ! Tu es un Eupatride, que tu le veuilles ou non. Tu dois le respect à ton clan et j'ai les moyens de t'y contraindre…

Le visage de Ploutos se fit menaçant.

Cléandre resta un instant muet. Il déglutit, ses lèvres tremblèrent quand il demanda :

— Tu… tu me… tuerais* ?

Ploutos marqua une pause, toisa son fils, puis reprit :

— Si tu vas quêter l'indulgence de ce pêcheur, tu te retrouveras sans cheval !…

* Un père avait le droit de vie ou de mort sur son fils.

Cléandre baissa la tête.

Son père lâcha son bras et continua d'une voix ferme :

— Maintenant, tu vas m'écouter. Je vais trouver une solution viable à ce problème.

Il prit le menton de son fils entre ses doigts, récupéra son regard et poursuivit dans un sourire :

— Avant demain, j'aurai la solution... d'ailleurs, il me vient une idée...

— Père, je ne veux pas de solution qui puisse se retourner contre moi.

— Ne t'inquiète pas. Cette idée est tout ce qu'il y a de plus légale, fidèle au règlement des Jeux d'Olympie.

— Fidèle au règlement ?...

— Oui. Mais il faut que j'y réfléchisse encore. Allons nous coucher, demain je t'expliquerai comment nous allons empêcher ce pêcheur de participer aux Jeux d'Olympie...

Chapitre 10

Denys, Jason et tous leurs amis s'étaient réunis sur la plage pour fêter la victoire. Chacun était venu les bras chargés de victuailles.

Autour d'un feu de bois, on avait installé de grands carrés de lin, à même le sable. Des oursins, servis avec des olives, de l'ail et des radis y étaient disposés avec soin, près des poissons, cuits dans le four de la maison et farcis aux herbes, des fromages de brebis à l'anis, des salades de pissenlits et des fruits.

Quelques enfants jouaient à pile ou face avec un coquillage, d'autres aux osselets avec des cailloux. Les discussions des adultes, très animées, tournaient toutes autour de l'éclatante victoire de Jason.

On remplissait pour la deuxième fois un cratère* d'eau et de vin lorsque Denys se leva et demanda le silence.

Les enfants suspendirent leurs activités, les adultes se turent.

Le pêcheur brandit sa coupe, projeta quelques gouttes sur le sol et prit la parole :

— Oh Dionysos* ! Toi qui donnes aux hommes le vin et la joie, fais de ce jour le début d'une grande aventure, festive et inoubliable !

Un flot d'approbations et de cris répondit à ses paroles. Chacun leur tour, les convives firent des libations. À Dionysos, à la victoire, à l'esprit sportif... Puis, lorsque les sujets relatifs au thème de la soirée furent épuisés, on but à la mer, à l'amour et même aux discussions et aux querelles...

Dans ce tourbillon d'images et d'éclats de voix, Nautês se sentait dans un état second. Par moments, un mot, un son ou un geste réveillait en lui des sensations. C'était comme si l'on extirpait du plus profond de lui des images de son passé. À travers une succession rapide et désordonnée de flashs, il revit un

* Grand vase à deux anses.
* Fils de Zeus, dieu de la Vigne et du Vin.

visage de femme, un cratère d'or ciselé, il entendit des hennissements, des éclats de voix, la mer qui gronde. Mais il ne parvenait pas à identifier ces images ou ces sons.

Dans un coin, des invités jouaient au cottabe*. Avec de larges gestes, ils tentaient de faire sombrer des coquillages plats, posés sur l'eau d'un vase.

Nautês détourna les yeux. Un sentiment de malaise l'avait étreint au moment où l'un des joueurs avait atteint l'une des cibles flottantes. L'espace d'un éclair, il s'était revu sur le bateau, au milieu des flots déchaînés. Il se concentra de nouveau sur ces images, mais sans succès. Son passé refusait toujours de resurgir. Il releva le menton. Son regard évita les joueurs de cottabe et se fixa sur une zone sombre, au-delà du feu de camp. Là-bas, assis sur la barrière de l'enclos, Jason tenait la tête de Chrestia entre ses mains. « Lui non plus ne semble pas apprécier la fête à sa juste valeur », pensa-t-il en se dirigeant vers lui.

L'adolescent l'entendit venir et tourna la tête. Nautês s'assit près de lui :

* Jeu consistant à atteindre une cible en lançant les dernières gouttes de vin restées dans sa coupe.

— Pourquoi restes-tu seul dans ton coin ?

Jason caressait le chanfrein de sa jument sans répondre.

— Tu ne veux pas me le dire ?

— Nous n'avons pas gagné cette course parce que nous étions les meilleurs, murmura l'adolescent, mais parce que nous connaissions mieux le terrain.

— Tu as peur de l'avenir, de ne pas être à la hauteur ?

— Non.

— Qu'est-ce qui te pose problème ?

Jason fit la moue. Il s'apprêtait à répondre quand la voix de son oncle résonna dans la nuit, soulignée par le silence respectueux et soudain des autres convives :

— Mes amis, je voudrais que nous élisions le roi du banquet.

À ces mots, les invités entonnèrent un hymne en l'honneur de Dionysos. Lorsqu'ils eurent fini, Denys reprit la parole :

— Je propose, et je sais que vous serez tous d'accord avec moi, que nous choisissions celui qui nous a fait vibrer aujourd'hui et qui demain sera notre représentant à Olympie : Jason !

Denys tourna la tête dans tous les sens, à la recherche de son neveu. Tous les invités scandèrent son nom. Jason descendit de la barrière et rejoignit son oncle sous les ovations. Il prit la coupe qu'on lui tendit et lança :

— Je suis honoré par ce plébiscite. Que cette journée reste pour nous tous le symbole de la joie et de la victoire !

Tout le monde acclama Jason, levant sa coupe en son honneur. Puis les discussions, libations, jeux et autres activités reprirent autour du feu.

— Qu'y a-t-il, mon garçon ? demanda Denys en prenant son neveu par l'épaule. Je te trouve plutôt morose pour un jour aussi formidable !

Nautês s'était approché et attendait, lui aussi, la réponse de Jason.

— Je me pose des questions, mon oncle, répondit l'adolescent.

Denys leva un sourcil curieux et déclara :

— Viens, allons nous asseoir là-bas et discutons.

Les trois hommes s'installèrent à l'écart des autres convives.

— Alors ? reprit le pêcheur. Je t'écoute.

— Je devrais être heureux de ma victoire, mais ce n'est pas le cas.

— Ah bon ? Et pourquoi ? Les Jeux d'Olympie

ne sont-ils pas quelque chose de merveilleux pour toi ?

— Justement. C'est plus que merveilleux, c'est un rêve qui se réalise et…

Jason baissa les yeux, fit la grimace.

— Et… répéta Denys.

— … Ce rêve, c'était aussi celui de Cléandre. Et je le lui ai cassé…

— Allons donc ! Comme tu y vas ! Personne n'a obligé ce garçon à te défier !

Attirés par ses propos, trois hommes s'approchèrent d'eux et s'assirent en leur compagnie.

— Jason est devenu fou, expliqua Denys à leur attention, il a des scrupules d'avoir battu Cléandre !

— Ce fils de riche n'a eu que ce qu'il mérite ! fit l'un des invités.

— Non, rétorqua Jason, je ne crois pas. Cette course, c'était une idée de son père, j'en suis persuadé. Je n'aurais pas dû accepter cette confrontation.

Denys se gratta la tête :

— Tu es trop bon, Jason.

— Oui, approuva Nautês. Crois-tu que Cléandre aurait eu les mêmes scrupules que toi s'il avait gagné ?

— Là n'est pas la question, répliqua l'adolescent. Je suis prêt à affronter n'importe quel danger, n'importe quel ennemi, mais je ne peux pas supporter l'injustice. Et aujourd'hui, j'ai le sentiment qu'il y a injustice.

Nautês regarda Denys. Ce dernier se mordit les lèvres. La réaction de Jason l'embarrassait, mais il ne pouvait lui en tenir rigueur. La probité dont il faisait preuve, ce soir, reflétait l'éducation qu'il lui avait donnée.

— Mais que peux-tu y faire? reprit Denys. Cléandre s'est mis lui-même hors-jeu…

— Demain, j'irai le voir et je lui dirai que je désire qu'il participe aux Jeux, que je veux l'affronter à Olympie, dans les conditions réelles de la course, afin de savoir vraiment qui, de nous deux, est le plus fort.

L'un des trois invités protesta :

— Tu ne peux pas faire ça!

— Non, ajouta un autre, ces riches te méprisent, ils refuseront ton geste et te saliront.

— Peu m'importe! répliqua Jason. Au moins, je serai en paix avec moi-même.

Son oncle leva les mains :

— Du calme, du calme. Voyons les choses sous un autre angle…

Il rassembla ses idées, puis les exposa :

— Mon garçon, si tu as gagné cette course, c'est que les dieux t'ont choisi, toi et personne d'autre, pour aller à Olympie. Si tu vas à l'encontre de ce qu'ils ont décidé, tu les offenseras.

Nautês et les trois hommes approuvèrent.

Jason se mit à réfléchir.

— Tes paroles sont dictées par la sagesse, mon oncle. Si effectivement les dieux m'ont élu pour champion, je ne me détournerai pas de ma route vers Olympie.

— À la bonne heure ! fit son oncle en souriant.

— Mais j'ai besoin de savoir si tel est vraiment le choix des dieux...

Le sourire disparut du visage de Denys, qui s'exclama :

— Qu'est-ce à dire ?

— Je partirai dès demain à Delphes consulter l'oracle d'Apollon. Et je suivrai à la lettre ce que les dieux me diront.

Denys inspira longuement. Finalement, il préférait cette décision à la première.

— Soit. Remets-t'en au jugement des dieux. La Pythie* ne donne ses oracles que le septième jour de chaque mois, cela te laisse trois jours pour rejoindre Delphes.

* Prêtresse à qui l'on s'adressait pour interroger le dieu Apollon.

Chapitre 11

Jason avait quitté Athènes depuis trois jours. Il avait traversé la Béotie, laissé Thèbes et Livadi derrière lui et attaquait, ce matin-là, les contreforts du mont Parnasse.

Ses amis pêcheurs l'avaient conseillé sur le rituel de la consultation. « Tout au long de la voie sacrée, les prêtres te demanderont des offrandes, avaient-ils expliqué, et il te faudra les honorer si tu veux atteindre l'adyton*. » Alors, les plus fortunés lui avaient donné une pièce d'argent. D'autres l'avaient approvisionné en vivres pour le voyage. L'ami agriculteur de

* Le saint des saints, autrement dit la crypte où se trouvait la Pythie.

Denys lui avait remis quelques artos. Mais le plus beau don fut sans nul doute le bouclier d'or et d'argent ciselé d'Oreste. Ce commerçant vouait une amitié sans borne à Jason depuis le jour où il avait sauvé son fils de la noyade et il profita de l'occasion pour lui prouver sa gratitude.

— Il a appartenu au roi Oenomaos, avait-il expliqué en lui remettant le bouclier. Que cette offrande t'ouvre la voie de Delphes, puis d'Olympie, Jason. Qu'Apollon guide tes pas vers les sommets de la victoire, tu le mérites plus que quiconque au monde.

En se rappelant ces paroles, Jason passa la main sur la couverture liée en sac sur la croupe de Chrestia. Puis il sourit, se disant qu'il avait beaucoup de chance d'avoir des amis si généreux.

Le jeune pêcheur sortait d'une courte forêt et découvrit le défilé qui, d'après les dires de Denys, devait lui permettre d'accéder à Delphes. Jason le remonta pendant quelques minutes puis, au détour du dernier lacet, il s'immobilisa, émerveillé. Delphes étalait ses trésors dans le majestueux écrin des contreforts du mont Parnasse.

Comme suspendue entre ciel et terre, la ville était accrochée au flanc de deux parois rougeâtres, la Rose et la Flamboyante, qui semblaient l'illuminer de l'intérieur. Plus bas, une vallée couverte d'oliviers descendait vers la baie de Kirrha, renvoyant les reflets argentés des premiers rayons de soleil.

Jason rejoignit Delphes, puis se dirigea vers les abords du sanctuaire, passant entre les tentes des consultants pour la plupart déjà actifs. Il remarqua un attroupement sur une terrasse, un peu plus haut.

« Je ferais bien de me dépêcher, se dit-il. Les pèlerins semblent nombreux. »

Jason mit pied à terre, attrapa son sac de toile et attacha Chrestia à l'ombre d'un arbre. Puis, ses offrandes sur l'épaule, il partit en direction de la terrasse.

Là, des prêtres regroupaient les consultants par ordre de passage. Les habitants de Delphes étaient les premiers, venaient ensuite les autres Grecs. Les barbares*, eux, isolés dans un coin, attendaient patiemment qu'on daigne leur faire signe.

* Les Grecs appelaient les étrangers des barbares ou des métèques.

Jason se coula dans le second groupe. Un prêtre lui demanda de se placer derrière les habitants de Sicyone et de Siphnos. Puis, lorsque vint son tour, le même prêtre lui présenta un vase au col étroit :

— Donne une obole pour tirer une fève.

Jason avait été informé du déroulement de la procession par ses amis pêcheurs et avait déjà préparé sa bourse de cuir. Il y prit une pièce et la tendit au prêtre. Puis il plongea sa main dans le vase pour tirer la fève. Elle était blanche.

— C'est ton jour de chance, commenta le prêtre.

L'adolescent jeta un coup d'œil sur sa gauche. Un homme venait de tirer une fève noire et perdait son tour jusqu'à sa prochaine obole.

— Qu'Apollon t'entende! répondit Jason en continuant son chemin.

Il grimpa jusqu'à la fontaine Castalie. Son eau jaillissait d'une gorge étroite, séparant à sa base la Rose et la Flamboyante, et alimentait un bassin de pierre.

L'adolescent rejoignit d'autres consultants qui déjà s'y purifiaient, se lavant les pieds et les mains. Il les imita, puis but l'eau à sa source. Lorsqu'il eut fini ses ablutions, il monta, le cœur léger, vers l'entrée du sanctuaire. Il gravit les quelques marches qui permettaient d'accéder à la voie sacrée et pénétra dans l'enceinte. Il resta un instant figé devant la magie des lieux. Dans la lumière du matin, les statues de bronze ou de marbre, les trésors* et autres ex-voto*, prenaient leur pleine dimension, écrasant le visiteur par leur beauté mystique.

Des pèlerins bousculèrent Jason, qui sortit de sa torpeur. Il leur emboîta le pas et continua en direction du temple d'Apollon. Celui-ci apparut bientôt, au détour de la première courbe, en haut d'un long mur polygonal fait d'épais moellons calcaires. Jason le contourna et atteignit, un peu plus haut, le parvis du temple. Là, après avoir offert dix artos et une nouvelle pièce, il attendit de longues minutes l'arrivée des prêtes et des ministres du culte.

Lorsqu'ils apparurent enfin au pied de l'autel, un respectueux silence envahit la place. Ils portaient une chèvre et deux amphores. Ils

* Petits temples érigés par des cités à l'occasion d'un événement heureux dont elles font ainsi hommage à Apollon. Les trésors abritaient souvent des offrandes précieuses.

* Statues, inscriptions ou objets de valeur placés dans un sanctuaire en remerciement pour un vœu exaucé.

déposèrent l'animal sur le sol et versèrent de l'eau froide sur son dos.

Dans l'assistance, chacun retenait son souffle. Jason, comme tout le monde, savait que si la chèvre ne frissonnait pas, les consultations n'auraient pas lieu. En revanche, si elle tremblait de froid, cela signifiait qu'elle était saine de corps et d'esprit, anticipant ainsi l'état de santé et la pureté de l'âme de la Pythie à ce moment-là.

La chèvre frissonna et un murmure de satisfaction traversa l'assistance.

— L'oracle répondra aux pèlerins, déclara un hosios*.

Puis, on brûla l'animal sur un bûcher et les prêtres sollicitèrent de nouveau les fidèles pour une ultime obole avant de pénétrer dans le temple.

Bientôt, le tour de Jason arriva. Son cœur battait très fort. Il regarda une dernière fois le fronton du monument et la lettre E qui s'y trouvait suspendue.

— *Tu es*, murmura-t-il en la lisant.

Son regard descendit vers le socle de l'une des deux statues qui flanquaient l'entrée. Là,

* Ministre du culte.

comme une réponse, était gravé : *qnôthi séauton**.

Jason avança lentement sous le portique et pénétra dans la première salle. Il la traversa, impressionné par les offrandes qui s'y entassaient, les vases d'or et d'argent offerts par le roi Crésus, les innombrables bandelettes de victoire accrochées çà et là par les athlètes et artistes vainqueurs.

Mais tous ces trésors et ces reliques n'étaient rien en regard de ce qui l'attendait dans la grande salle du temple. Dès qu'il eut franchi l'imposante porte de bois, il se figea. Ses yeux accrochèrent ici un char en or, là des statues et des vases en métaux précieux – des centaines d'objets qui renvoyaient force reflets des flammes éternelles de l'autel sacré.

— Quelle est ton offrande ?

Jason sursauta, tourna un visage hébété vers le prêtre qui venait de l'interpeller.

— Ton offrande à Apollon, insista l'homme, quelle est-elle ?

L'adolescent sortit de sa torpeur.

— Je… commença-t-il, pestant intérieure-

* « Connais-toi toi-même. »

ment de s'être fait reprendre en un moment si solennel.

Il posa son sac et y prit le bouclier qu'Oreste lui avait donné.

— ...Il a appartenu au roi Oenomaos, expliqua-t-il en le posant sur l'autel.

Le prêtre hocha la tête, puis lui fit signe de le suivre. Il le mena au fond de la salle, jusqu'à l'adyton. C'était une fosse peu profonde, obscure, d'environ trente mètres carrés, séparée en deux par une cloison de bois. La partie de gauche, réservée aux consultants et au prêtre interprète, était vide. Dans celle de droite, une vieille femme, habillée de blanc, comme une jeune fille, marchait en rond d'un pas hésitant en mâchant des feuilles de laurier.

«La Pythie», pensa Jason. Il balaya du regard l'espace où elle se trouvait. Le lieu était tel qu'on le lui avait décrit : le trépied, installé sur la margelle d'un trou d'où émanaient des vapeurs méphitiques*, la statue en or d'Apollon, le tombeau de Dionysos, le laurier sacré et enfin l'omphalos*, recouvert d'un lacis de laine et surmonté de deux aigles d'or.

* À l'odeur nauséabonde.
* Grande pierre ogivale (voir note suivante).

À la vue de la grande pierre ogivale, son cœur se serra. Pour la première fois de sa vie, il découvrait le centre du monde, l'endroit exact où les deux aigles dépêchés par Zeus depuis les bords du disque terrestre s'étaient autrefois rejoints, désignant ainsi l'ombilic* de la Terre.

Le prêtre l'invita à descendre dans l'isoloir.

Jason passa devant, empruntant une petite échelle de bois. De l'autre côté de la cloison, la Pythie marmonnait. Un autre bruit, plus ténu, tissait un tapis sonore derrière sa litanie. Cela ressemblait à de l'eau qui coulait. Sans doute une source, ou un ruisselet, qu'il n'avait pu déceler dans l'obscurité ambiante.

Le prêtre avait maintenant rejoint l'adolescent. Ce dernier était de plus en plus impressionné. Il se sentait si petit dans ce lieu chargé d'histoire.

* Point central. Les Grecs imaginaient que la Terre était ronde et plate comme une galette. Leur mythologie raconte que Zeus, désireux de connaître l'emplacement exact du centre du monde sur lequel il régnait, avait envoyé deux aigles pour en reconnaître la surface. Les deux oiseaux favoris du seigneur de l'Olympe se rencontrèrent au-dessus du mont Parnasse et repérèrent l'omphalos qui allait faire de Delphes le nombril (ombilic) de l'Univers.

La Pythie se jucha sur le couvercle de chaudron constituant l'assise du trépied et se tut.

— Pose ta question, fit le prêtre.

Jason déglutit, inspira profondément et récita sa demande telle que ses amis le lui avaient conseillé :

— Sera-t-il préférable et judicieux que je participe aux Jeux d'Olympie ?

La Pythie garda un instant le silence. Elle inhala les vapeurs telluriques puis, dans un déferlement de gémissements, de cris, de balbutiements, expulsa de ses entrailles la réponse que les dieux lui avaient transmise.

Lorsqu'elle eut fini, le prêtre traduisit l'oracle d'une voix monocorde :

— Ne te détourne jamais du chemin qui mène au sommet de l'olivier.

— C'est… Je… bredouilla Jason. Vous êtes sûr que c'est la réponse ?

L'homme lui lança un regard sombre :

— Douterais-tu de mes talents d'interprète ?

— Euh, non… non… Mais… l'oracle ne parle pas d'Olympie…

Le prêtre transcrivit la phrase mystérieuse sur un morceau d'argile qu'il tendit ensuite à Jason.

— La réponse des dieux appartient à celui

qui sait lire entre les lignes, répondit-il en tournant les talons. Ceux qui n'en sont pas dignes vivront à jamais dans l'ignorance.

Il sortit de l'isoloir, suivi par Jason, et reprit sa place près du foyer d'Hestia*, au feu perpétuel.

L'adolescent remonta les deux salles et quitta le temple, la tête basse. Sur le parvis, la chaleur et la lumière aveuglante du soleil finirent de l'accabler.

« Ne te détourne jamais du chemin qui mène au sommet de l'olivier. »

Jason avait beau retourner le morceau d'argile entre ses doigts et cette phrase sibylline dans sa tête, il ne parvenait pas à en percer le mystère.

Alors, il accéléra le pas. Le chemin du retour serait long. Il le savait. Mais il nourrissait l'espoir que Denys ou l'un de ses amis réussisse à expliciter les propos de l'oracle d'Apollon.

* Hestia était justement la divinité du Foyer.

Chapitre 12

Lorsque Jason revint chez lui, il n'eut pas le loisir d'apprécier la douceur des retrouvailles. Son oncle et Nautês étaient entourés de plusieurs dizaines d'hommes.

Tout d'abord, il craignit le pire en reconnaissant Cléandre et son père, ainsi que la masse grouillante de leurs amis. Ensuite, il réalisa que l'ambiance était paisible. Ploutos, son fils, Denys et Nautês conversaient civilement avec un homme de grande prestance.

Quelqu'un aperçut Jason, cria son nom et, aussitôt, tous les regards se tournèrent vers lui.

Denys accourut immédiatement à ses côtés.

— Jason !

Devant la mine inquiète de son oncle, l'adolescent mit pied à terre et s'enquit :

— Que se passe-t-il ? Et qui est cet étranger ?

— C'est terrible, Jason ! Cet homme est un théore*. Il est là pour vérifier si Chrestia nous appartient vraiment.

L'ambassadeur arriva, le groupe suivit.

— Ainsi voici l'athlète et sa monture, déclara l'homme.

Autour de lui, tout le monde gardait le silence. Une lueur de satisfaction brillait dans l'œil de Ploutos, de la gêne dans celui de Cléandre.

— Cette jument m'appartient, clama l'adolescent. Je l'ai recueillie suite à un naufrage et je l'ai soignée. Je suis sa seule famille, à présent.

— Je lui ai déjà expliqué tout ça, Jason, intervint Nautês.

— Oui, je sais tout ça, jeune homme, coupa le théore. Mais ce n'est pas si simple... Seul le propriétaire de ce cheval peut inscrire la monture et son cavalier aux Jeux.

* Les théores étaient les ambassadeurs sacrés chargés d'annoncer les Jeux olympiques dans toutes les régions de Grèce et de regrouper les athlètes et les spectateurs.

Il désigna le naufragé et poursuivit :

— D'après le récit de ton ami, il est possible que ce cheval et lui se soient trouvés sur le même bateau. Peut-être même qu'il en est le propriétaire. Malheureusement, il ne peut pas le prouver.

— Est-ce à dire que je ne pourrai pas concourir à Olympie ? s'inquiéta Jason.

L'homme fit le tour de la jument, l'examina consciencieusement :

— J'en ai bien peur... Ce cheval ressemble à des milliers d'autres. Si seulement nous possédions un signe distinctif.

À ce moment-là, Jason se souvint de la bride qu'il avait trouvée à l'encolure de Chrestia.

— Attendez ! s'écria-t-il en la tendant. Regardez ceci, ma jument le portait quand je l'ai recueillie.

Le théore prit le lien, l'inspecta. Il remarqua aussitôt la demi-lune ornée d'un Alpha gravée à l'une de ses extrémités.

— Ce symbole est sans doute celui du propriétaire du cheval, déclara-t-il, mais personnellement, ça ne me dit rien.

Il le rendit à Jason :

— Je suis désolé, jeune homme.

— Mais j'ai adopté cette jument, elle m'appartient ! insista l'adolescent.

— Pour te balader sur la plage, elle t'appartient, mais pour participer aux Jeux d'Olympie, nous avons besoin de son véritable propriétaire.

Jason baissa la tête. Autour de lui, des chuchotements grossissaient.

Le théore posa sa main sur son épaule et demanda :

— J'ai appris que ton engagement aux Jeux empêchait un autre jeune champion d'y participer. Mon rôle est de regrouper les athlètes, tu comprends, et...

— Je n'ai jamais empêché quiconque de participer aux Jeux, coupa sèchement Jason en fixant Ploutos.

Ce dernier resta impassible. Cléandre, lui, baissa les yeux.

Le jeune pêcheur se radoucit, chercha le regard de l'adolescent, et continua :

— J'aurais même était fier d'affronter un compétiteur de la valeur de Cléandre à Olympie.

En entendant son nom, le fils de Ploutos redressa la tête et fit une moue gênée.

Jason s'avança vers lui :

— Je sais que ton désir le plus cher est de

participer aux Jeux et sache que je n'ai jamais voulu t'en empêcher. Aussi, je te souhaite bonne chance.

Des cris de joies éclatèrent autour d'eux.

Cléandre serra la main de Jason, murmura un « merci » qui se noya dans les hurlements de liesse. Puis il quitta la plage en compagnie des siens et du théore.

Le silence revint sur les lieux.

Jason colla sa tête contre celle de Chrestia et dirigea son regard vers l'horizon.

Denys et Nautês s'approchèrent de lui.

— L'amitié de Chrestia vaut toutes les victoires d'Olympie, fit le premier.

L'adolescent lui sourit, puis il alla s'asseoir près de l'eau.

— Je suis fatigué, murmura-t-il. Les dieux sont contre moi. On ne peut pas lutter contre les dieux...

Son oncle et son ami le rejoignirent et s'installèrent avec lui sur le sable.

— Que dis-tu ? s'étonna Nautês. Les dieux sont contre toi ? Quelle idée !

Jason ramassa un coquillage et le jeta dans l'eau.

— Que t'a dit l'oracle d'Apollon ? questionna Denys.

— Quelle importance?! Maintenant, il n'est plus question d'Olympie, de toute façon!

— J'aimerais tout de même savoir.

— La Pythie a dit : «Ne te détourne jamais du chemin qui mène au sommet de l'olivier.»

— *Ne te détourne jamais du chemin qui mène au sommet de l'olivier*, répéta Denys comme pour lui-même.

— Tu vois, elle ne fait même pas mention d'Olympie! lança Jason en se levant. C'est bien la preuve que tout est contre moi!

Son oncle ressassait la phrase mystérieuse, essayant de la déchiffrer.

Chrestia s'approcha de son maître et lui pinça affectueusement le dos.

— Je suis fatigué, reprit Jason en guidant la jument vers son enclos, j'ai parcouru des centaines de stades, par monts et par vaux, et...

— Attends! lança soudain son oncle.

Jason s'arrêta.

Denys se redressa lentement, perdu dans ses pensées. Nautês l'imita, l'invita à s'expliquer :

— Tu as trouvé?

— Oui.

— Eh bien dis-nous! explosa l'adolescent.

Le visage de son oncle s'éclaira progressivement d'un sourire radieux :

— Les dieux ne sont pas contre toi, Jason. Il semblerait même qu'ils te guident vers Olympie…

Son neveu revint sur ses pas :

— Dis-nous, je t'en supplie !

— *Ne te détourne jamais du chemin qui mène au sommet de l'olivier*… Le sommet, c'est la victoire. L'olivier, c'est le symbole de la victoire.

— Le symbole de la victoire ? répéta Jason.

— Oui. Les vainqueurs des Jeux d'Olympie se voient offrir une couronne de branches d'olivier.

— Par Zeus ! s'exclama Nautês.

L'adolescent se passa la main dans les cheveux :

— Si je comprends bien, cela signifierait que je ne dois pas me détourner du chemin qui mène à Olympie et à la victoire… Mais je n'ai pas le droit de participer aux Jeux ! C'est absurde !

— Jason ! hurla Denys. On ne parle pas ainsi des dieux ! Absurde est celui qui ne sait pas lire entre les lignes…

L'adolescent se rappela les paroles du prêtre interprète et se trouva honteux de sa réaction.

— Que me conseilles-tu, mon oncle ? demanda-t-il.

— Si l'oracle a dit de ne jamais te détourner de ce chemin, c'est qu'il te faut aller jusqu'aux Jeux. Jamais l'oracle ne se trompe. Tu dois suivre son conseil, sinon tu risques de le regretter jusqu'à la fin de tes jours.

— Soit, fit Jason en bombant le torse. Puisque telle est la volonté des dieux, j'irai à Olympie.

— *Nous* irons à Olympie ! corrigea Denys.

— Voilà qui est parlé ! ajouta Nautês.

Jason serra son oncle et son ami contre lui. Tous trois éclatèrent de rire.

Chrestia se cabra en hennissant.

Chapitre 13

La délégation athénienne avait quitté la cité dès l'aube. C'était une longue caravane de plusieurs milliers d'âmes, en grande partie des hommes.

Les athlètes marchaient en tête, accompagnés de leurs entraîneurs, des prêtres, des notables et du théore. Derrière, suivaient les simples citoyens, admirateurs de quelque champion ou pèlerins.

Jason, Denys et Nautês fermaient la marche en compagnie d'une vingtaine d'amis pêcheurs. Chrestia avançait au pas, près de son jeune maître.

Une ambiance de fête régnait parmi les

Athéniens. Cela faisait quatre ans qu'ils attendaient ce moment. Aux derniers Jeux olympiques, leurs sportifs avaient brillé et rapporté cinq victoires. Et cette fois, ils ambitionnaient de faire encore mieux.

Leurs espoirs étaient fondés. De nouveaux athlètes s'étaient illustrés lors des Jeux néméens, l'été dernier. Athènes avait fait de gros efforts pour développer le professionnalisme sportif. Deux écoles de sport et un gymnase supplémentaires avaient été construits durant ces olympiades et l'on avait multiplié les pédotribes*. Quant aux entraîneurs privés, souvent d'anciens athlètes, ils avaient vu leur salaire croître considérablement en même temps que leurs obligations de résultats. Enfin, il y avait Philésios, le Crétois, le champion de pentathlon des derniers Jeux olympiques. Athènes lui avait offert une fortune pour concourir sous ses couleurs et il avait accepté. Avec un champion de cette trempe, les Athéniens étaient persuadés de ramener une victoire de plus…

La journée touchait à sa fin. La caravane

* Professeurs de gymnastique chargés de déceler les qualités des futurs champions dès l'âge de 12 ans.

planta son campement dans une vaste plaine entre Mégare et Corinthe.

Les pèlerins s'installèrent en se regroupant, ici, par affinité ; là, par corporation. Près du feu central, les athlètes et les personnages importants disposaient d'esclaves chargés de dresser tentes et couverts.

Ploutos s'était allongé dans l'herbe, le dos appuyé sur un rocher. Il observait son fils qui attachait Aéros au montant d'une charrette pour le brosser.

— Viens donc te reposer près de moi, fils ! lui cria-t-il.

— J'arrive ! répondit Cléandre qui avait commencé à panser son cheval.

Autour d'eux, les esclaves achevaient de préparer les ustensiles de cuisine, ingrédients et mets divers, se croisant sans jamais se percuter, dans une danse fluide et silencieuse. Les quelques privilégiés du feu central s'étaient installés et bavardaient des affaires courantes ou de sport en attendant que le repas soit prêt.

Ploutos embrassa la plaine du regard. À perte de vue, c'était un moutonnement d'êtres humains, de tentes et d'animaux. çà et là, des feux de camps s'allumaient. Il sourit. Tous ces gens, Athéniens ou métèques, étaient là pour soutenir les champions de la cité, pour encourager son fils, peut-être même assister à sa victoire. Quelle gloire !

Il savourait ces pensées lorsqu'il aperçut, au loin, la silhouette d'un cheval. Il se leva et, fronçant les sourcils, marcha dans sa direction. Il passa devant son fils sans même le voir et sortit du cercle des chariots délimitant la zone du feu central.

Le cheval était alezan et…

Ploutos s'arrêta. Il venait de repérer Jason.

— Qu'as-tu vu ? demanda Cléandre.

Mais son père ne lui répondit pas. Il continuait à observer Denys et le naufragé qui conversaient avec l'adolescent. Son fils s'approcha de lui. À son tour, il découvrit Jason et les siens.

— Que peut-il bien faire là ? lâcha enfin Ploutos.

Cléandre haussa les épaules :

— Peut-être vient-il prier et encourager les athlètes athéniens.

— Avec son cheval ?

Ploutos tourna les talons et partit en direction du feu central. Il balaya la place du regard, trouva celui qu'il cherchait et l'appela :

— Théore ! Théore ! S'il te plaît !

L'homme vint vers lui.

— Qu'y a-t-il, Ploutos?

— Je... Je voulais avoir une précision...

— Je t'écoute.

— Ce jeune pêcheur dont tu as refusé la candidature parce que son cheval n'avait pas de propriétaire...

— Le dénommé Jason?

— Oui. Peux-tu me confirmer qu'il ne participera pas aux Jeux?

— Bien sûr! Comment le pourrait-il?

Ploutos baissa la tête, embarrassé.

— Euh, je... je ne sais pas.

— Tant qu'il ne peut pas prouver que ce cheval lui appartient, il ne pourra pas participer aux Jeux.

Sur ces mots, le théore s'éloigna.

— Merci, chuchota Ploutos.

Cléandre s'approcha de lui :

— Alors?

— Je ne sais pas pourquoi ce Jason est là mais je ne vais pas tarder à le savoir. Va l'inviter au banquet de ce soir, nous le questionnerons habilement.

— Quoi!? explosa Cléandre. Tu me demandes d'inviter Jason dans le seul but de l'espionner ! Tu me demandes de trahir quelqu'un qui m'a tendu la main !...

— N'oublie pas que c'est lui qui t'a battu et qu'il aurait pu te barrer définitivement la route d'Olympie.

— Il n'a jamais voulu m'empêcher de participer aux Jeux, et il l'a prouvé. C'est quelqu'un de juste et je ne peux pas faire ça.

Ploutos n'ajouta rien, et réfléchit. Il lui fallait éviter de monter son fils contre lui. Aussi, préféra-t-il user de démagogie.

— Tu as raison, fils, fit-il semblant d'admettre en lui adressant son sourire le plus convaincant. Nous n'avons aucune raison de traiter Jason en ennemi. Je vais l'inviter au banquet.

Son fils lui jeta un œil soupçonneux.

— Et je ne l'importunerai pas avec des questions indiscrètes, ajouta Ploutos. C'est promis. Allons-y ensemble, si tu veux.

Cléandre sourit :

— Merci, père.

Chapitre 14

Jason, Denys et Nautês étaient installés près du feu central en compagnie de Ploutos et de son fils. Quelques hétaïres* dansaient et chantaient, distrayant les invités en jouant de la lyre, de la flûte ou du tambourin.

Cléandre se sentait bien. Heureux même. Il trouvait son père sympathique. Celui-ci avait fait cuire un sanglier pour ses invités et leur avait offert les meilleurs morceaux. Restant fidèle à sa parole, il conversait aimablement avec eux sans jamais les questionner au sujet de leur présence dans la caravane. De temps à

* Femmes esclaves ou célibataires, jugées bonnes pour distraire les hommes mais pas pour se marier.

autre, il demandait à l'un des esclaves de remplir leur coupe et veillait à ce qu'ils ne manquent de rien.

De prime abord, Jason, Denys et Nautês avaient trouvé l'invitation de Ploutos assez surprenante. Le riche Athénien s'était justifié en disant que son geste n'était guidé que par le désir de nouer des relations amicales avec eux. Puis, au fil du repas, les trois amis s'étaient laissé séduire par son éloquence et son affabilité.

Au bout d'un moment, Ploutos se redressa et leva les bras, à l'attention des personnalités installées aux places d'honneur :

— Amis ! Je réclame votre attention !

Jason, Denys et Nautês se regardèrent, surpris. Autour d'eux, tout le monde s'arrêta de parler et se tourna avec curiosité vers Ploutos qui poursuivait :

— Je voudrais vous entretenir d'un jeune athlète au talent prometteur...

Il fit signe à Jason de se lever et de venir le rejoindre.

— Il s'appelle Jason, c'est un pêcheur mais, par Poséidon, je peux vous affirmer qu'il a l'étoffe d'un champion !

Une rumeur d'admiration circula parmi l'assistance. Jason rougit et son regard se fit mobile. Il croisa celui de son oncle qui semblait lui dire quelque chose comme : « Méfie-toi de la flatterie ! ».

Mais déjà Ploutos enchaînait :

— Il possède un cheval rapide comme le vent et devait normalement concourir aux côtés de mon fils. Hélas, certaines clauses du règlement des Jeux d'Olympie l'empêchent de participer. J'en suis profondément désolé, cela aurait fait une chance de plus pour Athènes de remporter une victoire...

En entendant ces mensonges, Jason comprit que son oncle avait raison. Ploutos n'avait pris la parole que pour briller aux yeux de ses pairs.

— Tout ce que je lui souhaite, à présent, continuait le vil orateur, tout ce que tout le monde lui souhaite, c'est que ce problème se résolve rapidement, afin qu'il puisse participer aux prochains Jeux, à l'Isthme*.

Un flot spontané d'approbations noya ses derniers mots. Les gens acclamaient à la fois Ploutos et Jason. Ploutos, par intérêt : chacun

* Isthme de Corinthe. Les Jeux isthmiques avaient lieu au printemps de l'année suivant ceux d'Olympie.

souhaitant se reconnaître dans la peau du riche prenant le pauvre pêcheur sous son aile protectrice. Jason, par sympathie : c'était une belle histoire, comme celles narrées par les poètes. Dommage, pour ce jeune homme que le destin ait décidé de l'avorter.

— Cela dit, conclut Ploutos, je vais laisser la parole à mon invité.

Tout le monde se tourna vers Jason, silencieux, attentif à ses premiers mots.

Le pêcheur ne parla pas tout de suite. Il réfléchissait à ce qu'il allait dire. Son désir était grand de démentir les propos de Ploutos mais la sagesse lui fit abandonner cette idée. Sa parole, face à celle d'un homme de son importance, ne pèserait pas lourd. Il passerait pour un ingrat et serait aussitôt chassé du feu central tel un damné.

Il préféra utiliser, lui aussi, la démagogie :

— Je... Je ne suis pas un orateur aussi brillant que Ploutos, mais je vais tout de même profiter de l'occasion qui m'est donnée pour vous remercier tous.

Il s'adressa alors à Ploutos avec un grand sourire :

— Merci pour les éloges qui ont été faites sur mes performances et celles de ma jument.

Merci pour vos acclamations qui me vont droit au cœur. Cela prouve l'intelligence de la haute caste d'Athènes, qui reconnaît que n'importe quel individu, qu'il soit pauvre ou riche, peut prétendre à une victoire olympique dès l'instant qu'il s'entraîne dur.

Autour de lui, les gens saluèrent ses paroles.

Jason décida de poursuivre. Parlerait-il du message de l'oracle ? Non. Même si tous ses espoirs y étaient accrochés, il se devait d'être prudent.

— Comme vous l'a dit Ploutos, pour le moment le règlement des Jeux est contre moi et j'ai donc décidé, en attendant, de me joindre à la caravane pour encourager les athlètes athéniens…

Il désigna le fils de Ploutos, puis continua :

—…et en particulier Cléandre, qui a tout d'un champion. Il est courageux, volontaire, talentueux mais aussi, et surtout, honnête envers lui-même et loyal avec les autres.

Il tendit la main vers lui. Le jeune Athénien se leva sous les ovations et le rejoignit.

— Je lui souhaite sincèrement de gagner l'épreuve et de rapporter une victoire de plus à notre cité ! s'écria Jason en serrant chaleureusement la main de Cléandre.

Les deux cavaliers se regardèrent droit dans les yeux. Toute parole était superflue. Chacun savait qu'une solide amitié était en train de naître entre eux.

Ploutos souriait. Ses talents de manipulateur et d'orateur lui avaient permis de récupérer la confiance de son fils et de connaître enfin la raison de la présence de Jason dans la caravane.

Chapitre 15

Quatre jours plus tard, la caravane atteignit Olympie.

La plaine entourant le site ressemblait à une gigantesque ville de tentes et de baraques de roseaux. Une animation bruyante y régnait. Ici, un groupe d'hommes pariaient sur un combat de coqs aux ergots armés d'un éperon de bronze. Là, un forain tentait de retenir l'attention des pèlerins avec un numéro d'acrobatie sur une grosse outre pleine d'eau. Un peu plus loin, des commerçants vantaient toutes sortes de produits.

Des boissons, du pain, des volailles, des épices, des élixirs magiques capables de soigner tous les maux, des habits, des souvenirs, des prostituées, tout s'achetait et se vendait lors des Jeux. C'était une période faste pour les affaires.

La caravane s'arrêta près de l'Alphée, une des deux rivières qui longent Olympie.

Jason attacha Chrestia à l'ombre d'un cyprès pour aider ses amis à installer le campement. Pendant ce temps, les athlètes, entraîneurs, prêtres et notables poursuivaient leur chemin vers le sanctuaire.

— Où vont-ils ? demanda Jason.

— Dans l'Altis, répondit Denys, l'enceinte sacrée. C'est là que sont attendus les athlètes.

Bientôt, les champions athéniens et leur encadrement franchirent la porte des Processions, sous l'œil circonspect de deux soldats éléens*.

— ça a l'air bien gardé, remarqua Jason.

— Oui. Les juges d'Élis, chargés de l'organisation des Jeux, sont très vigilants. Les sportifs ne peuvent pas sortir et entrer de l'Altis comme ils le souhaitent, ce serait trop dangereux.

— Ah bon ? Pourquoi ?

* D'Élis. La ville d'Élis, succédant à celle de Pise, assuraient la gestion du sanctuaire et l'organisation des Jeux.

— La tricherie, la fraude. Certains adversaires sont prêts à exercer des pressions sur les imprudents, ou pire encore, à leur proposer des fortunes pour qu'ils les laissent gagner…

Jason resta sans voix. Jamais il n'avait imaginé que pareilles pratiques puissent exister. Il regarda les derniers athlètes disparaître dans le sanctuaire et hocha la tête.

— Allez, viens, finit par dire Denys en le prenant par l'épaule, allons aider les autres à monter les tentes.

Nautês et les pêcheurs étaient en train de décharger le matériel d'un chariot.

Jason et son oncle s'apprêtaient à les rejoindre lorsqu'une voix les interpella :

— Eh ! les pêcheurs ! Vous ne pouvez pas vous installer ici.

L'homme était vêtu avec élégance mais sa mise n'était pas celle d'un noble. C'était un colosse à la barbe noire portant un faisceau de verges* à la ceinture.

— Mais personne n'occupait cet endroit avant que nous y arrivions, protesta Denys.

— Justement, fit le géant, personne n'a le droit d'occuper cette partie de la berge. Tous

* Baguettes longues et flexibles qui servaient à fouetter.

les demi-stades, nous avons aménagé un accès à la rivière pour faciliter la...

— Que se passe-t-il? interrompit Nautês qui, attiré par la discussion, s'était approché du rhabdouque*.

Ce dernier tourna la tête vers le naufragé et, soudain, se figea. On aurait dit qu'il avait vu Chimère, le monstre fabuleux à trois têtes.

— A... Aris! articula-t-il péniblement.

— Quoi?! s'exclama Nautês, incrédule.

— Aris, c'est moi, Anticlès! Tu ne me reconnais pas?

Nautês plissa les yeux, tenta de fouiller son esprit. Des cris, des rires résonnèrent dans sa tête. Il tituba.

Denys l'attrapa de justesse par le bras et l'aida à s'asseoir par terre.

— Mon neveu et moi avons recueilli cet homme sur une plage, près d'Athènes, expliqua-t-il à l'homme.

— Il est amnésique, ajouta Jason.

Le colosse s'agenouilla devant le naufragé :

— J'étais avec toi, sur ton bateau, lorsqu'il a coulé. Te souviens-tu de mon visage?

Nautês secoua la tête :

* Homme chargé de fouetter les fraudeurs.

— Non... Pas de ton visage mais...

Il marqua un silence, hésitant à poser une question qu'il trouvait incongrue.

— ... Mais... Peux-tu rire ?

— Peux-tu quoi ? répéta l'homme. Ah ! Ah ! Ah ! Quelle drôle d'idée ! Ah ! Ah ! Ah ! Ah !

En entendant ce rire homérique, Nautês esquissa un sourire. Ce rire était celui qui venait de resurgir de sa mémoire quelques instants plus tôt.

— Ce rire, dit-il en se redressant, ton rire, je le reconnais...

Le colosse lui tapa sur l'épaule :

— Par Poséidon, voilà un signe des dieux !

— Anticlès, n'est-ce pas ? C'est bien ainsi que tu t'appelles ?

— Exact ! Et toi, c'est Aris.

Le naufragé tenta, une nouvelle fois, de se souvenir :

— Aris... Aris... Non, je ne vois pas. Peux-tu m'aider à retrouver la mémoire ? Qui suis-je ?

— Bien sûr. Tu es...

Chrestia hennit.

L'homme tourna la tête vers elle :

— Ça alors ! Toi aussi tu t'en es sortie !

— Alors ? s'impatienta Nautês. Explique-moi tout ça !

— Non, fit le colosse. J'ai une meilleure idée. Suivez-moi.

L'homme les emmena à travers le dédale de tentes, les guidant sans hésiter en direction du sanctuaire. Un peu avant, il bifurqua vers une noble bâtisse.

Le naufragé contempla le mur blanc de la façade et la lourde porte de bois chantournée. Cette demeure lui semblait familière.

Les quatre hommes s'arrêtèrent devant.

— À qui appartient cette maison ? questionna Nautês.

Anticlès avança la main vers le battant :

— À l'un des hommes les plus influents d'Élis, le sénateur Ar…

Il n'eut pas le temps de terminer sa phrase. La porte s'ouvrit brusquement. Un homme à la noble prestance apparut. Il s'arrêta, sur le seuil, s'apprêta à dire quelque chose quand son regard tomba sur Aris. En le voyant, ses lèvres tremblèrent mais aucun son n'en sortit.

Les trois amis, également incapables du moindre mouvement, le dévisagèrent, incrédules.

La bouche bée, les yeux écarquillés, Jason et Denys ne purent contenir leur étonnement. Le visage qu'ils contemplaient était celui de Nautês ou, plus exactement, une copie conforme du sien.

En découvrant son frère jumeau, le naufragé sentit son cœur s'emballer, ses tempes palpiter. Toutes les images du passé s'engouffrèrent dans sa mémoire dans un tumultueux tourbillon. Il leva les bras vers lui en criant :

— Aros !

Mais ses bras semblèrent soudain peser plus lourd que l'Acropole. Il eut l'impression que le sol se dérobait sous ses pieds et il perdit connaissance.

Chapitre 16

Aris ouvrit les yeux. Il était allongé sur un banc de pierre, dans une cour ombragée et fleurie. Une jeune esclave humidifiait son front avec un morceau d'étoffe.

Autour de lui, son frère, Jason, Denys et Anticlès le regardaient en souriant.

Il se redressa sur son siège, prit le linge humide et le jeta dans la cruche de l'esclave.

Aros fit signe à cette dernière que l'on n'avait plus besoin d'elle et elle disparut dans le gynécée*.

Aris se leva et prit son frère jumeau dans ses bras :

* Lieu de la maison réservé aux femmes.

— Aros ! Que je suis heureux !

Puis il s'écarta de lui et reprit :

— Mais, j'y pense, je ne t'ai pas présenté ceux à qui je dois la vie…

— Trop tard, nous avons déjà fait connaissance, plaisanta Aros.

— Je suis resté inconscient longtemps ?

— Non, rassure-toi. Mais suffisamment longtemps pour apprendre comment ils t'ont découvert, connaître ta vie avec eux pendant toute cette année, ainsi que les performances du petit et de la jument.

Aris prit un air contrarié.

— Qu'y a-t-il ? s'enquit son frère.

— Je pense à quelque chose, d'un seul coup.

Aros sourit :

— Tu te demandes s'il est encore temps de s'inscrire sur le leukoma*, n'est-ce pas ?

— Oui, comment sais-tu cela ?

— Ah ! Ah ! Ah ! Nous sommes jumeaux, je te rappelle. Lorsque Jason m'a conté son histoire, tout à l'heure, j'ai eu les mêmes pensées que toi… Oui, il est encore temps. Les inscriptions seront closes dans six jours.

* Liste sur laquelle sont inscrits tous les athlètes participant aux Jeux. Tout retardataire est exclu du concours.

Il montra le jeune pêcheur d'un mouvement du menton et ajouta :

— Mais je te laisse le plaisir de lui annoncer toi-même la bonne nouvelle...

Jason ne put réprimer sa curiosité :

— Que... Co... Comment?... Quelle bonne nouvelle, Nautês, euh... Aris?

Son ami le prit par les épaules et le poussa doucement vers le banc de pierre jusqu'à ce qu'il s'y assoie. Puis, sans le lâcher, il lui annonça, détachant chaque syllabe :

— Tu vas pouvoir courir!

— Je... je... quoi? balbutia Jason.

— Tu vas pouvoir participer aux épreuves hippiques avec Chrestia, reprit Aris.

— Mais... Mais... Mais...

Jason scrutait les visages enjoués de ses amis sans comprendre. Des larmes plein les yeux, il demanda :

— ... Comment est-ce possible?

— C'est possible parce que cette jument m'appartient, répondit simplement Aris en prenant place près de lui.

— Mais comment le prouver?

— Très simple, cette jument faisait partie des quatre chevaux qui m'ont permis de remporter la course de chars lors des derniers Jeux d'Olympie. Elle est répertoriée par les hellanodices[46] et connue de tous pour sa marque en forme d'étoile. Et je vais te confier quelque chose d'incroyable, tu me croiras si tu veux, mais c'est la vérité…

Il posa sa main sur celle de Jason :

—… Cette jument, je l'avais nommée Chrestia.

Les doigts du jeune pêcheur se resserrèrent sur ceux d'Aris. Des larmes coulèrent sur ses joues. Sa pomme d'Adam fit un aller-retour.

— Demain, j'irai t'inscrire à la course hippique. Je dirai aux hellanodices que je t'ai vendu Chrestia et que je t'ai moi-même entraîné pendant les dix derniers mois.

Jason hoqueta :

— Je n'y crois pas ! C'est impossible ! C'est trop beau !…

Le rire gras d'Anticlès résonna sur le sol dallé de marbre de la cour.

Denys vint s'accroupir devant Jason :

— Rappelle-toi ce qu'a dit l'oracle : *Ne te détourne jamais du chemin qui mène au sommet de l'olivier*. Tu es en route vers la gloire, Jason, que tu le croies ou non.

* Juges. Magistrats éléens tirés au sort pour mener à bien l'organisation des Jeux et leur arbitrage.

Chapitre 17

Dès l'inscription obtenue, Aris avait conduit Jason, accompagné de Chrestia, et Denys à Élis pour prendre le départ de la marche d'inauguration des Jeux. Cette cérémonie n'avait lieu qu'une dizaine de jours plus tard mais cela lui avait permis de revoir sa femme et ses deux fils et de profiter de ces retrouvailles pendant plus d'une semaine.

Lorsque le matin du départ arriva, il les guida jusqu'à l'autel sacré où ils se joignirent à la délégation athénienne. Tous les athlètes, surpris par cette inscription de dernière minute, accueillirent le jeune pêcheur dans leur groupe avec chaleur et enthousiasme.

Cléandre le félicita vivement, et son père, arborant son plus beau sourire, fit semblant d'être heureux. En fait, cet incompréhensible coup du sort le torturait intérieurement. Il mourait d'envie d'en savoir plus sur cette inscription mais il n'eut pas le temps de questionner qui que ce soit.

Déjà, les hellanodices ouvraient la marche. Les athlètes suivirent, encadrés par leur délégation respective.

Ils remontèrent les trois cents stades* de la voie sacrée, le long de la côte, d'une allure solennelle. Le silence religieux de l'interminable défilé contrastait avec l'agitation bruyante des pèlerins et des admirateurs massés de chaque côté de la route.

Le cortège atteignit enfin la fontaine sacrée de Piéra et tout le monde se tut. Les prêtres éléens sacrifièrent un porc, puis les hellanodices enlevèrent leur longue robe de pourpre et pénétrèrent dans le bassin de pierre. Après les ablutions purificatrices, la marche reprit jusqu'à Létrinoi, où tout le monde s'installa pour la nuit. Jason guida Chrestia vers d'immenses écuries de bois, bâties pour la circonstance et gardées

* Environ 57 km.

par des soldats éléens. Près de lui, un athlète monté sur un quadrige* couvert de dorures confia ses rênes à un esclave :

— Tiens ! Détache mes chevaux et occupe-t'en !

Jason attacha sa jument près d'un abreuvoir et la caressa en lui murmurant :

— Tu seras bien ici.

Il se pencha, vérifia chacun de ses sabots.

— C'est merveilleux ! fit une voix derrière lui.

Jason se retourna et découvrit Cléandre qui installait son étalon près de Chrestia.

— C'est fabuleux ! C'est extraordinaire ! reprit le jeune cavalier. Jason, tu imagines : dans quelques jours, nous serons les rois de l'hippodrome !

— Non, je n'arrive pas vraiment à imaginer une telle chose pour l'instant, fit Jason en souriant. En l'espace de quelques jours, je viens d'hériter d'une jument et je me retrouve inscrit sur le leukoma !

— Tu as hérité de Chrestia ?!

— Oui. Tu te souviens du naufragé amnésique que j'ai recueilli…

Cléandre acquiesça.

— Eh bien, figure-toi qu'il vient de retrouver

* Char antique attelé de quatre chevaux.

la mémoire. Cette jument lui appartenait et il m'en a fait cadeau ! Et comble de chance, Aris (c'est son nom) n'est autre que le frère jumeau d'un des sénateurs d'Élis. Alors, pour mon inscription, tout a pu se régler rapidement.

— Je suis vraiment heureux pour toi.

Cléandre baissa la tête :

— Tu sais, tout ce qui s'est passé, c'est...

— C'est la faute de ton père, je sais, coupa Jason. Il ne faut pas lui en vouloir, il a tellement envie de te voir gagner.

Les adolescents s'assirent sur le rebord de l'abreuvoir, entre leurs chevaux.

Cléandre secoua la tête :

— Non, ça va plus loin que ça. Il n'admet pas que je puisse être battu par un...

Il s'interrompit, gêné.

— Un pauvre, conclut Jason, c'est ça?

— Oui.

Un silence s'imposa entre les deux cavaliers.

— Depuis le banquet de Mégare, je croyais qu'il avait changé, poursuivit Cléandre. Mais il n'en est rien. Il est devenu pire qu'avant. Il est fou de rage à l'idée de te voir prendre le départ près de moi. Et j'ai peur qu'il ne commette une bêtise. Regarde-le, là-bas, derrière la dernière colonne du bâtiment blanc... Il nous surveille. Sais-tu ce qu'il m'a dit?...

Jason jeta un coup d'œil discret dans la direction indiquée et repéra Ploutos.

— … « Va mettre ton cheval près de celui de Jason et questionne-le au sujet de son inscription, je voudrais savoir comment il a fait. »

Cléandre soupira :

— Rassure-toi, je ne lui dirai rien. Je suis venu te voir parce que j'avais envie de partager ma joie avec toi. Je te considère comme un ami, bien que nous nous connaissions à peine, et je n'ai pas pour habitude de trahir mes amis.

— Moi aussi, je te considère comme un ami. En ce qui concerne ton père, tu peux lui expliquer ce que tu sais, ça m'est égal. Je n'ai rien à cacher. Mon inscription est tout ce qu'il y a de plus légale. Je ne souhaite pas que tu t'attires les foudres paternelles pour si peu.

— Hmm. Tu as sans doute raison, concéda Cléandre avec une moue dubitative.

Les deux jeunes hommes se levèrent et se serrèrent la main.

— Allons nous coucher, fit Jason, demain, il nous faudra être en forme pour rallier Olympie.

— Oui. Merci, Jason.

— Merci ? De quoi ?

— Merci de m'avoir écouté. Ça m'a fait du bien.

Chapitre 18

Le premier jour des Jeux olympiques s'ouvrait avec les cérémonies en l'honneur de Zeus.

Les hellanodices avaient réuni les athlètes près du Prytanée* pour descendre le chemin des processions.

Jason était en compagnie d'Aris et de Denys quand Cléandre s'approcha d'eux, l'air inquiet.

— J'ai vu mon père discuter avec quelqu'un, chuchota-t-il, un homme que je ne connais pas, et qui s'est éloigné ensuite discrètement.

— Où est-il parti ? demanda Jason.

— En direction des écuries, c'est ce qui me fait peur.

* Lieu où brûle la flamme sacrée.

— Chrestia ! s'écria Denys. Faut y aller !

Il fit mine de partir mais Aris le retint par le bras :

— Non, reste auprès de ton neveu. Si ça tourne mal, je serai plus efficace que toi.

Denys fronça les sourcils :

— Insinuerais-tu que je ne suis qu'un vieux débris ?...

Aris avait trop de respect pour les anciens ; aussi prit-il le parti de mentir :

— Non, loin de moi cette pensée. S'il y a un problème, le champion olympique et citoyen éléen que je suis aura plus de facilité à se faire entendre qu'un simple Athénien, voilà tout.

Il ne laissa pas le temps à Denys de répondre. Déjà, il disparaissait au-delà du mur d'enceinte du sanctuaire.

Les trompettes résonnèrent et le cortège s'ébranla. Les hérauts guidèrent la procession en direction de l'autel de Zeus. Jason souffla de dépit. Il voulait, lui aussi, voler au secours de son amie mais son devoir d'athlète le retenait ici. Les hellanodices emboîtèrent le pas des trompettes, suivis des prêtres, d'Aros en compagnie de ses collègues membres du Sénat, puis des députations des cinquante États, avec leurs notables. Venaient enfin les athlètes et leurs entraîneurs.

Là-bas, la porte des Processions s'ouvrit et quarante mille spectateurs envahirent l'Altis dans une liesse indescriptible.

Le cortège passa devant l'olivier sacré, rapporté par Héraklès du pays des Hyperboréens*. Les athlètes regardèrent ses branches avec déférence. Ils savaient tous que ses rameaux, coupés avec des ciseaux d'or, orneraient bientôt le front des vainqueurs.

Lorsque la procession s'arrêta devant l'autel de Zeus, le silence revint sur les lieux. Seuls les meuglements des cent bœufs, parqués là, résonnaient encore. Les prêtres investirent la terrasse, recouverte des cendres des sacrifices séculaires, et égorgèrent les bêtes. Puis de grands feux furent allumés autour de l'autel. Alors, des voix s'élevèrent. Des chants, des hymnes à Zeus accompagnèrent l'immolation des bovins.

Jason, les yeux dans les flammes, avait l'es-

* Héraklès (ou Hercule) devait, lors d'un de ses 12 travaux, capturer la biche de Cérynie, aux sabots d'airain. Il la poursuivit durant un an jusqu'au pays des Hyperboréens (peuple mythique d'un Nord lointain et inaccessible).

prit ailleurs. Au lieu de savourer, comme tous les autres athlètes, ce moment intense, il s'inquiétait pour Chrestia.

Cléandre dut s'en apercevoir car il lui sourit amicalement :

— Ne t'inquiète pas, Aris est là pour la protéger.

Jason lui rendit son sourire.

— Oui, fit-il. J'espère qu'il est arrivé à temps.

Les hérauts et les trompettes reprirent du service et menèrent le cortège vers le Bouleutérion*. Les spectateurs s'écartèrent sur leur passage, aidés par des alytes* en armes.

La procession contourna le palais du Sénat olympique et s'arrêta entre les deux ailes du bâtiment. Là, à ciel ouvert, Jason découvrit la statue de Zeus brandissant la foudre. Derrière l'autel du dieu, attendaient, le visage impassible, les nomophyloques*.

* Siège de l'assemblée qui veille au bon déroulement des Jeux. On y conservait les documents officiels et les règlements.

* Officiers de police chargés de faire respecter l'ordre sur le site.

* Gardiens de la loi olympique. Supérieurs aux hellanodices, ils constituent la cour suprême.

Le jeune pêcheur fut soudain envahi par un sentiment de fierté.

Un prêtre avança vers l'autel pour y sacrifier un sanglier.

Puis un héraut le remplaça et appela les athlètes, un à un, afin qu'ils prêtent serment.

Lorsque Jason entendit son nom, il sentit son cœur se serrer. Jamais, même dans ses rêves les plus fous, il n'avait imaginé qu'il serait un jour là, devant la statue de Zeus Orkios, faisant partie de l'élite sportive hellène.

Il déglutit péniblement, inspira et clama :

— Je jure de combattre dans la dignité et le respect des lois.

Quelques minutes plus tard, sous les ovations du public, les athlètes pénétrèrent dans l'immense salle où les attendait un banquet, préparé en leur honneur. Là, l'émotion contenue lors de la cérémonie fit place à l'enthousiasme.

Denys prit Jason dans ses bras. Il avait les larmes aux yeux :

— Jason, tu as été… Tu as été…

Son neveu éclata de rire. Il s'écarta de lui et dit, ironique :

— Oui, j'ai été ! Je crois que c'est encore plus

impressionnant de prêter serment que de participer aux courses de chev…

Il ne termina pas sa phrase. Là-bas, dans un coin de la salle, il venait d'apercevoir Aris.

Leurs regards se croisèrent. L'Éléen lui fit un signe discret en direction d'un homme, vêtu d'un chiton brun.

L'individu traversa la salle, ignorant Ploutos, en grande discussion avec son fils, et s'approcha d'une table bien garnie où il se servit à manger.

Aris rejoignit ses amis.

— Alors ? demanda Jason.

— J'ai suivi cet homme jusqu'aux écuries, expliqua l'Éléen. Il s'est arrêté près du soldat chargé de la surveillance et a discuté un long moment avec lui. Ensuite, il a remonté les stèles, comme s'il se promenait, en observant les chevaux. Il me semble qu'il a marqué un léger temps d'arrêt devant Chrestia, puis il a continué sa route jusqu'ici.

— Il manigance quelque chose, c'est sûr, fit Jason.

— Est-ce qu'il t'a repéré ? demanda Denys.

— Non.

— Que pouvons-nous faire ? questionna Jason.

Aris haussa les épaules :

— Pour l'instant, il n'y a pas grand-chose à faire. L'écurie est gardée jour et nuit par un soldat. Personne ne serait assez fou pour s'y attaquer pendant la trêve sacrée.

Il prit Jason et Denys par les épaules et poursuivit :

— Profitons du banquet, arrosons ta participation aux Jeux et ma mémoire retrouvée !

Les trois amis se dirigèrent, jovials, vers le buffet.

Ploutos les regarda s'éloigner en souriant. Un sourire auquel ses yeux ne participaient pas…

Chapitre 19

La nuit était tombée depuis plusieurs heures sur Olympie.

Allongé sur sa couche, Jason ne dormait toujours pas. Une multitude d'images traversaient son esprit. Des bonnes et des mauvaises. Les bonnes étaient plus nombreuses mais les mauvaises franchement effrayantes. C'était pour ça qu'il ne trouvait pas le sommeil.

Un groupe d'ivrognes passa près du bâtiment où les athlètes étaient logés. Ils chantaient des chansons légères. Mais cela ne le fit même pas sourire. Ses pensées allaient vers Chrestia.

Près de lui, Denys dormait profondément. Aris, lui, était parti passer la soirée chez son frère en compagnie de quelques amis et n'était pas encore rentré.

Jason se redressa, s'assit. Une étrange sensation l'étreignait. C'était comme s'il ressentait les émotions de sa jument à distance. C'était une sensation désagréable. Comme un malaise.

Il se leva et sortit du dortoir.

La nuit était douce. Dans le ciel, le disque de la pleine lune était à moitié mangé par deux nuages.

D'un pas nerveux, Jason prit la direction des écuries.

Lorsqu'il les atteignit, la première chose qu'il vit fut la silhouette gisant dans l'angle du bâtiment. Il s'en approcha et reconnut aussitôt un soldat éléen. Instinctivement, son cœur se serra. Une unique pensée lui traversa l'esprit : « Chrestia ! » Sans même porter le moindre secours au garde, il s'engouffra dans les écuries et en remonta l'allée, passant derrière les bêtes en courant.

L'endroit était sombre et il n'était pas facile de distinguer les animaux les uns des autres. Heureusement, Jason était venu s'occuper de sa jument la veille en fin de journée et savait qu'elle se trouvait entre deux chevaux clairs, un blanc et un gris.

Il la repéra. Tout semblait calme. Il franchit rapidement les derniers mètres qui l'en séparaient et s'arrêta près d'elle. Soudain, une ombre jaillit d'entre deux chevaux et il reçut un coup de pied dans le ventre. Sans réaliser ce qui se passait, il partit en arrière, le souffle coupé, et heurta violemment le mur. Sonné, assis par terre, il leva les yeux vers son agresseur. C'était l'homme au chiton brun.

La lune, libérée un instant du voile nuageux, éclaira l'intérieur des écuries. Chrestia hennit et secoua la tête, tirant sur son lien.

L'individu leva un gourdin au-dessus de sa tête.

Jason reprit ses esprits au moment où l'autre abattait son arme sur lui. Il roula sur le côté et évita le coup de justesse. Malheureusement, l'homme lui envoya une nouvelle fois son pied dans le ventre. Jason hurla de douleur.

Chrestia piaffa de plus belle. Elle sentait les deux hommes derrière elle mais ne parvenait pas à les voir.

— Non ! cria Jason en reculant contre le mur tout en se tenant le ventre.

— Tu vas mourir ! assena l'individu, son gourdin de nouveau en l'air.

Il y avait tant de haine dans ses paroles que

la jument le ressentit, comme un danger, au plus profond d'elle-même. De peur, elle rua, catapultant l'homme contre le mur, au-dessus de Jason.

L'individu s'écrasa sur la pierre dans un bruit d'os brisés, puis glissa lentement vers le sol.

Jason reçut son agresseur sur l'épaule. L'écartant du bras, il découvrit son visage en sang. L'homme, défiguré, avait un œil éclaté, et son front, ouvert sur toute sa hauteur, ne laissait aucun doute possible sur son sort...

Au même moment, un cri d'alarme retentit et une vive agitation lui succéda.

Toujours en état de choc, Jason se remit péniblement sur ses pieds. Ses habits étaient maculés de sang.

Dans les secondes qui suivirent, la place fut envahie de soldats, puis d'une foule de badauds.

Les gardes éléens sortirent Jason et le cadavre des écuries.

Quelques alytes arrivèrent et leur prêtèrent main-forte pour contenir les curieux.

— Que se passe-t-il, ici ? demanda un grand échalas armé d'un glaive. C'était l'alytarque, le chef des alytes.

Tous les yeux se tournèrent vers Jason.

— J'ai été agressé par cet homme, répondit-il.

L'alytarque regarda le cadavre avec étonnement.

— C'est toi qui as été agressé ? C'est bien ce que tu prétends ?

Autour d'eux des rires fusèrent, ponctués de railleries.

Jason comprit aussitôt le caractère épineux de sa situation. Autour de lui, le nombre des curieux augmentait. Des athlètes et leur entraîneur arrivaient aussi.

— Oui, reprit le jeune pêcheur, cet homme m'a agressé et ma jument m'a protégé en l'envoyant contre le mur.

Nouveaux rires dans l'assistance. Nouveaux quolibets.

Un homme cria :

— Ce garçon est un athlète athénien ! Que faisait-il là en plein milieu de la nuit ?

Jason se tourna dans sa direction. Près de lui se tenait Ploutos...

— Je n'arrivais pas à dormir. Je suis venu voir mon cheval.

— Et tu n'as pas remarqué qu'il y avait un soldat étendu par terre ? demanda l'alytarque.

— Si, mais...

— Et comme tout bon citoyen tu as donné l'alarme... coupa l'homme.

— Non, mais...

— Ou alors, tu n'as pas donné l'alarme parce que c'est toi qui l'as assommé !

— Mais non, je vous jure que...

La fin de sa phrase se noya dans le brouhaha des commentaires :

— Il était mal intentionné !

— Il a voulu truquer la course en tuant les chevaux de ses adversaires !

— Ce pauvre homme l'a surpris et il l'a éliminé !...

Jason recula vers Chrestia. Elle souffla dans ses cheveux. Autour d'eux les esprits s'échauffaient et il constata que tout l'accusait.

L'adolescent prit peu à peu conscience que la rumeur populaire détruirait l'image de l'athlète loyal qu'il avait toujours été pour en faire un assassin, doublé d'un tricheur et d'un menteur. Pire encore, on le tuerait comme on tue la vermine. Au fil des siècles, son nom serait cité à Olympie, et ailleurs, comme le symbole de ce qui se fait de plus ignoble dans les compétitions sportives...

Chapitre 20

L'alytarque pointa le doigt vers Jason et ordonna à ses hommes :

— Emparez-vous de lui ! Jusqu'à preuve du contraire, cet individu est un assassin et, pire encore, un tricheur !

— Non ! cria une voix. C'est faux !

Tout le monde se retourna vers l'homme qui venait de parler.

Jason reconnut son oncle qui avançait vers lui, se frayant un chemin à travers le cordon d'alytes. Respectueux de son grand âge, les policiers le laissèrent entrer dans le cercle de l'accusé.

Denys balaya l'assistance d'un regard circulaire et leva son index :

— Ce garçon est mon neveu et je peux vous assurer, Zeus en est témoin, que c'est quelqu'un d'honnête et de pacifique ! S'il vous dit que cet individu l'a agressé, c'est la vérité. Avant d'accuser un innocent, demandez au soldat qui s'est fait assommé s'il a vu son agresseur !

— Cela a déjà été fait, vieillard, répondit l'échalas. Il ne l'a pas vu. Quant à ta parole, elle n'est pas suffisante pour innocenter ton neveu. Des preuves ! Voilà, ce qu'il nous faut : des preuves !

Une rumeur d'approbation s'éleva dans la foule.

Denys se tourna vers Jason et le serra contre lui.

— Assez discuté ! reprit l'alytarque. Emmenez-le !

Par-dessus l'épaule de son oncle, Jason observa Ploutos : c'était lui le responsable de tout, il en était sûr ! Il espérait que, pris de remords devant la gravité de ses actes, le riche Athénien intervienne, mais celui-ci le regarda fixement et se mit à sourire.

Cléandre arriva sur les lieux. On venait de le mettre au courant de l'affaire lorsqu'il découvrit le sourire de son père. Alors ses yeux se glacèrent.

Ploutos l'aperçut et se figea. Il se rendit compte que son fils avait tout compris.

Jason vit Cléandre s'enfuir dans la foule, son père tenter de le rattraper.

Les soldats saisirent le jeune pêcheur par les bras, l'arrachant à l'étreinte de son oncle.

Aris apparut à ce moment-là. Croyant reconnaître Aros, les alytes le laissèrent passer. Il s'approcha de l'alytarque et posa sa main sur son bras :

— Un instant, je te prie.

— Aros ! s'exclama l'échalas.

L'Éléen ne le démentit pas. À vrai dire, cela l'arrangeait d'être pris pour son frère jumeau.

L'autre fit signe à ses hommes de suspendre leurs gestes. Autour d'eux, la foule se tut.

Aris s'avança vers le cadavre et demanda :

— As-tu tenté d'identifier le mort ? Peut-être est-ce un bandit notoire ?

— Regarde par toi-même.

L'Éléen se pencha, retourna le corps sur le dos et découvrit la masse rougeâtre et informe du visage. Il n'insista pas et détailla le cadavre de la tête aux pieds. Son regard accrocha un petit sac de toile fixé à sa ceinture.

— Qu'est-ce ? questionna-t-il en le montrant.

L'alytarque haussa les épaules :

— Je ne sais pas. Je ne l'avais pas remarqué.

Aris prit le sac, l'ouvrit, en examina le contenu. Puis il se retourna vers l'échalas et, d'un geste théâtral, plongea la main dans le sac pour la tendre ensuite sous son nez.

— C'est une grave erreur ! Dans une affaire aussi sérieuse, il ne faut rien laisser au hasard. Veux-tu que je te dise ce que contient ce sac ?

Sans lui laisser le temps de répondre, il enchaîna :

— Il contient des feuilles d'if ! Si un cheval mange ne serait-ce qu'une infime partie de ces feuilles-là, il meurt en quelques instants !

Des chuchotements montèrent autour d'eux. Aris se tourna vers le public et continua :

— Moi aussi, je connais ce garçon. Outre sa loyauté, son talent de cavalier est immense, sa jument est rapide et nul n'est besoin d'être sorcier pour deviner que leurs aptitudes à la course devaient gêner quelqu'un. Tout est clair, à présent, cet individu a voulu empoisonner sa jument et ce garçon l'a surpris.

— Relâchez-le ! ordonna aussitôt l'alytarque.

— Très judicieux, commenta Aris. Et il me semble que la décision qui s'impose, à présent, est d'offrir à cet athlète et à cette jument une protection particulière jusqu'aux courses hippiques !

Le chef des alytes donna des ordres :

— Vous renforcerez la surveillance des écuries. Je veux un homme à chaque bout plus un autre devant ! Toi et toi, vous raccompagnerez l'athlète jusqu'au dortoir et le suivrez partout où il va. Demain, vous serez relevés par une autre équipe.

Jason serra son oncle dans ses bras. Aris les rejoignit. Jason se tourna vers lui et lui tendit la main.

— Merci Ar... euh... ros, dit-il en souriant.

— De rien, gamin. Maintenant, tu n'as plus à penser qu'à une seule chose : gagner la course.

Il lui rendit son sourire, et repartit en direction de la maison de son frère.

Chapitre 21

Jason et Denys retournèrent se coucher. Ils contournaient la palestre* lorsqu'une silhouette vint à leur rencontre. Aussitôt, les deux gardes chargés de les encadrer pointèrent leur lance dans sa direction.

Mais Jason reconnut Cléandre :

— Laissez, c'est un ami.

Les soldats levèrent leur arme et s'écartèrent sur le passage du jeune homme. Ce dernier s'arrêta, stupéfait.

— Ils… Ils ne… Tu… les commandes? balbutia-t-il, incrédule.

Le jeune pêcheur sourit.

* Lieu d'entraînement de la lutte.

— Ils ne sont pas là pour m'arrêter mais pour m'escorter, expliqua-t-il.

— Je ne comprends plus rien !

En quelques mots, Jason narra les événements qui avaient échappé à son ami. Au fil de ces éclaircissements, celui-ci retrouva le sourire.

— Ah, que je suis content ! J'ai bien cru que mon père av...

— Laisse ton père en dehors de tout ça ! coupa Jason d'une voix ferme.

Il se tourna vers ses gardes du corps et dit :

— J'ai besoin de parler à mon ami, attendez-moi là.

Il prit Cléandre par le bras et s'éloigna en sa compagnie. Lorsqu'ils furent arrivés suffisamment loin pour ne pas être entendus par les soldats, il lâcha :

— Tu es fou ! Tu veux la mort de ton père ?

— Comment peux-tu le protéger alors que tu as failli être exécuté par sa faute ?

Jason serra les dents. De douloureux souvenirs remontaient soudain à la surface.

— J'ai eu un père, moi aussi. Et je l'ai vu mourir devant moi alors que je n'avais que cinq ans. Ma mère était morte en me mettant au monde et je n'avais que lui. Il est tombé d'une falaise en voulant me sauver la vie.

Il marqua une pause, puis conclut :

— Depuis ce jour, cette image me hante, je ressens comme un grand vide en moi.

Cléandre s'assit sur le socle d'une statue.

— J'ai honte d'avoir un père comme le mien, soupira-t-il. Je le hais.

— Oublie-le, pense à ta course, à ta…

— Il n'y aura pas de course. Pas pour moi.

— Comment ça ?

— J'ai décidé de ne pas concourir. Pour punir mon père, pour lui montrer que son acte n'aura servi à rien.

— Mais tu ne peux pas faire ça !

— Si. Et cette punition est bien légère comparée à celle qu'on lui infligerait si je révélais la vérité…

— Non, tu ne peux pas faire ça, et je vais t'expliquer pourquoi. Si tu ne fais pas cette course, tu ne vas pas punir que ton père, tu vas te punir, *toi*. Cette course, tu es comme moi, tu en as rêvé, c'est l'aboutissement d'une somme de travail considérable et une joie immense. Tu veux gâcher ton propre bonheur pour punir ton père ?

Cléandre ne répondit pas. Les yeux baissés, il réfléchissait.

— Tu vas punir quelqu'un d'autre également, reprit Jason. Moi. J'ai beaucoup de fierté à affronter un adversaire comme toi. Sur une plage et une courte distance, je t'ai battu, mais sur un hippodrome, sur une distance réglementaire, je ne sais pas si j'en serais capable. C'est un merveilleux défi pour moi. Ne me le gâche pas, je t'en prie.

Cléandre fit la moue, mais resta muet.

— Et puis, ajouta Jason, si jamais je gagne, je ne voudrais pas qu'on dise « Jason a gagné parce que Cléandre n'a pas participé ! » Comme toi tu n'aimerais pas entendre : « Cléandre n'a pas participé parce qu'il avait peur de perdre contre un simple pêcheur ! »

Jason comprit qu'il avait touché la corde sensible car son ami leva un œil et grogna :

— Si quelqu'un ose dire ça, je le tue.

— Hé ! Hé ! Alors, tu devras tuer beaucoup de monde...

Cléandre retrouva le sourire :

— Tu es un malin.

— Je suis ton ami, surtout.

Le fils de Ploutos se redressa. Il mit les poings sur ses hanches et déclara :

— D'accord, tu as raison, je vais punir mon père autrement. Voilà ce que je vais faire : je vais courir, je vais gagner, et avec l'argent et les rentes que la cité m'offrira, j'ouvrirai de grandes écuries de course. Je te prendrai comme associé dans mon affaire et je n'adresserai plus jamais la parole à celui qui se dit être mon père.

Jason éclata de rire :

— Parce que tu crois que je vais te laisser gagner comme ça !? C'est moi qui gagnerai et c'est moi qui te prendrai comme associé !...

— Pari tenu ! s'exclama Cléandre en tapant dans la main de son ami.

Ils se prirent par l'épaule et rejoignirent Denys et les deux gardes. Des étoiles brillaient dans leurs yeux. À cet instant précis, ils n'imaginaient, ni l'un, ni l'autre, que la victoire puisse leur échapper.

Pourtant, s'ils avaient pu se projeter quelques jours dans le futur, ils auraient compris que rien n'était joué d'avance...

Chapitre 22

Quelques jours plus tard…

Les dix-huit cavaliers entrèrent dans l'hippodrome sous les acclamations des spectateurs. Ils se dirigèrent vers les stalles de départ et attendirent que la piste soit libérée.

La course de chars venait de s'achever sur la victoire d'un quadrige macédonien et une vingtaine d'esclaves damaient le sol afin d'y effacer les profonds sillons laissés par les concurrents.

Jason et Cléandre, placés assez loin l'un de l'autre, échangèrent un sourire.

Jason jeta un coup d'œil à la piste, tentait de visualiser une dernière fois les trajectoires idéales pour mener la course rapidement. Longue de mille deux cents pieds*, elle était bornée à chacune de ses extrémités par un bloc de marbre et séparée en deux lignes droites par un talus étroit.

Cléandre, lui, regarda en direction de la tribune d'honneur. Ses yeux croisèrent ceux de son père mais il l'ignora. Un peu plus loin, il aperçut Denys, Aris et Aros, et leur adressa un sourire. Les premiers rangs étaient occupés par les officiels. Les hellanodices, vêtus de leurs robes écarlates, entourés des députés des cités, des prêtres d'Olympie et des sénateurs d'Élis, étaient assis aux côtés de la seule femme autorisée sur le site olympique, la prêtresse de Déméter, drapée dans son péplos blanc.

Les courses de chevaux étaient les dernières épreuves des Jeux et une certaine excitation régnait dans les tribunes. Le bourdonnement continu des conversations résonnait dans l'hippodrome.

Les esclaves finirent d'égaliser le sol, ramassèrent les débris de chars qu'ils avaient entas-

* Soit environ 385 mètres.

sés près de l'autel de Taraxippos* et disparurent.

Un héraut prit leur place au centre de la piste. Alors, comme par magie, le brouhaha cessa.

L'homme gonfla ses poumons et hurla aux quelque quarante mille spectateurs :

— *Quelqu'un d'entre vous peut-il reprocher à l'un de ces athlètes de n'être point de naissance pure ou de condition libre, d'avoir été puni des fers, d'avoir montré des mœurs indignes ?*

Puis, dans le silence qui s'ensuivit, il reprit :

— Dans ce cas, la course peut commencer !

La foule laissa exploser sa joie dans un tonnerre d'acclamations. Certains chevaux se cabrèrent, apeurés.

L'homme s'approcha des cavaliers et les invita à respecter la zone de départ. Les stalles, disposées en forme de proue de navire, furent fermées par une corde.

* *Taraxippos* signifie « qui effraie les chevaux ». Érigée par Pélops en l'honneur de sa victime, Myrtilos, cette statue était surnommée ainsi car, pensait-on, elle était hantée par l'esprit vengeur de Myrtilos. Aussi, cochers et cavaliers y déposaient des offrandes pour apaiser la colère du démon.

Jason sentait son cœur battre la chamade. Il se pencha, flatta l'encolure de sa jument et s'aperçut qu'elle était aussi nerveuse que lui.

— Tu es la meilleure, Chrestia, chuchota-t-il, autant pour rasséréner sa monture que pour se rassurer lui-même.

Le héraut quitta la piste. Les spectateurs se turent et se tournèrent vers la tribune d'honneur.

Alors, tout se passa très vite. L'un des officiels lâcha un morceau de tissu rouge. Les cors hurlèrent une harmonie de quintes. Un savant mécanisme fit pivoter deux animaux de bronze fixés au bout d'un axe : un dauphin plongea sous la tribune et un aigle s'éleva au-dessus. Les cordes tendues devant les stalles tombèrent les unes après des autres, libérant d'abord les cavaliers situés aux extrémités, les autres aussitôt après.

Les concurrents s'élancèrent avec des hurlements guerriers. Les chevaux galopèrent en groupe pendant les trois cents premiers mètres, se poussant des flancs, mordant parfois pour s'imposer.

Jason ne perdait pas de vue la borne du premier virage. Le tirage au sort ne lui avait guère été favorable et une demi-douzaine de cavaliers étaient déjà devant lui, dont Cléandre. Il tenta de se frayer un passage pour prendre le meilleur angle mais les concurrents s'engouffrèrent dans la courbe comme dans un goulet d'étranglement. Les chevaux se heurtèrent violemment, certains chutèrent, en entraînant d'autres.

Jason se sentit coincé entre deux autres cavaliers. Celui qui se trouvait à l'intérieur du virage était un homme trapu et musclé, à la barbe brune. Il cracha sur l'adolescent et le poussa du bras :

— Crève, puceron !

Jason perdit l'équilibre et glissa vers l'extérieur. Heureusement pour lui, le cheval du second cavalier l'empêcha de tomber. L'adolescent s'appuya sur sa croupe et, dans un geste désespéré, tira sur la crinière de Chrestia.

Sa jument dut sentir l'urgence de la situation car elle accéléra à la sortie du virage et pointa ses naseaux loin devant. Hissé par ce mouvement de tête, Jason retrouva son assiette et prit aussitôt ses distances avec les autres concurrents.

Tout en remontant cette nouvelle ligne droite, il observa ses adversaires. Six étaient toujours devant lui. Cléandre était deuxième, l'homme à la barbe brune sixième. Derrière lui, cinq étaient tombés et six autres le talonnaient.

Jason remonta cette seconde longueur au triple galop. Grâce à sa vigueur et à sa vélocité hors du commun, Chrestia rattrapa le barbu et distança ses poursuivants en l'espace de trois cents mètres.

Jason aborda le deuxième virage avec prudence. Il maintint sa monture derrière celle de l'homme trapu, évitant tout contact dangereux, se disant qu'il lui restait encore onze tours pour refaire son handicap.

Dans la ligne droite suivante, Jason relança Chrestia. Il remonta lentement au niveau de son concurrent direct. Celui-ci l'aperçut et comprit qu'il ne pourrait pas rivaliser. Bien décidé à ne pas se laisser dépasser, il se rapprocha de l'adolescent pour le désarçonner.

Jason devina sa manœuvre. Il talonna Chrestia en tentant de garder ses distances avec son adversaire. Malheureusement, il ne put s'écarter indéfiniment de l'homme car il atteignit bientôt le talus central. Contraint de le longer, Jason hurla de peur en voyant le barbu le serrer de plus en plus près :

— Chrestia ! Plus vite !

Mais la jument était au maximum de sa puissance. Et l'autre le touchait presque, à présent…

Chapitre 23

L'homme tendit son bras vers l'épaule de Jason.

Dans un réflexe, l'adolescent se pencha vers l'encolure de Chrestia.

Surpris par cette esquive, le barbu perdit l'équilibre. Il se rattrapa à la crinière de son cheval mais cela ne l'empêcha pas de glisser sur son flanc. Il resta accroché dans le vide durant quelques secondes, puis à bout de forces, chuta dans le sable.

Jason aborda seul le troisième virage. Devant lui, les cinq cavaliers étaient regroupés, à environ cinquante mètres de lui. Derrière, les six autres avaient perdu du terrain.

Au fil des tours de piste, l'adolescent comprit

que la course était plus difficile qu'il ne l'avait imaginé. En presque huit boucles, il ne put dépasser que deux concurrents. Entre temps, les derniers s'étaient fait rattraper par le groupe de tête et avaient dû abandonner.

Les spectateurs, surexcités par cette lutte passionnante, hurlaient à tout rompre.

Jason talonnait maintenant les trois premiers.

Cléandre, toujours deuxième, était pratiquement remonté au niveau du cavalier de tête. Il aborda le virage en frôlant la borne de marbre. Aéros entra en contact avec l'autre cheval. L'espace d'une seconde, les deux cavaliers se retrouvèrent épaule contre épaule. Une seconde de trop.

L'homme poussa Cléandre. L'adolescent glissa sur le flanc de sa monture. Une main accrochée à la crinière et le talon planté dans les reins de l'animal, il était sur le point de tomber. Aéros sentit son maître en difficulté et ralentit sensiblement son allure. Le troisième concurrent en profita pour le doubler. Cléandre serra les dents, banda ses muscles, tenta de se redresser, mais en vain.

Depuis le début, Jason avait gardé les yeux rivés sur les premiers. Il avait suivi la péripétie de son ami et comprit que celui-ci ne parviendrait pas à remonter sur son cheval tout seul. Lancé à toute allure, il arriva rapidement près de lui pour l'aider à se rétablir.

Mais Cléandre hurla :

— T'occupe pas de moi ! Continue !

— Attrape ma main ! cria Jason en se penchant vers lui.

La foule poussa une longue clameur d'admiration.

Aéros avait encore ralenti son allure. Cléandre réalisa qu'il faisait perdre un temps précieux à son ami.

— Fonce ! hurla-t-il en dégageant son talon des reins d'Aéros. Et gagne cette course pour nous !

Il sauta dans le sable et roula plusieurs fois sur lui-même.

Jason serra les dents. La rage au ventre, il talonna Chrestia en poussant des hurlements guerriers. Il ne lui restait plus que deux tours pour refaire son handicap, seul un miracle pouvait lui permettre encore de gagner, mais il était décidé à mettre toutes ses forces dans cette ultime bataille.

Chrestia était plus endurante et plus puissante que ses concurrents car elles les rattrapa en un tour d'hippodrome. Mais déjà la dernière boucle s'annonçait et les deux premiers, galopant côte à côte, manœuvraient intelligemment pour lui interdire tout dépassement.

Dernier virage. Jason l'aborda prudemment. Les deux autres cavaliers, non. Dans un duel impitoyable, ils forcèrent le contact. Leurs chevaux se serrèrent. Celui qui se trouvait à l'intérieur de la boucle avait pris un sabot d'avance et poussait l'autre vers l'extérieur. Mais leurs jambes s'entrechoquèrent et le cheval de tête trébucha. Il tomba lourdement, coupant la route à l'autre et l'entraînant dans sa chute.

Lorsqu'il sortit du virage, Jason était seul en tête. La ligne droite finale se déroulait devant lui.

Courbé sur sa monture, il fonçait maintenant sans réfléchir.

Autour de lui, la foule hurlait mais il ne l'entendait pas. Dans un état second, il fixait la ligne d'arrivée et plus rien d'autre n'existait.

Lorsqu'il la franchit, ses concurrents les plus proches sortaient seulement du dernier virage.

Dans les tribunes, les spectateurs laissèrent éclater leur joie.

Jason s'arrêta enfin, le cœur battant, le

souffle court. Ce fut seulement à cet instant qu'il entendit les clameurs de la foule.

Quelqu'un lui toucha le pied. C'était Cléandre qui avait couru à sa rencontre. Le visage rayonnant de bonheur, il leva les poings et cria :

— Tu as réussi, Jason ! Tu as gagné !

Jason mit pied à terre et serra son ami contre lui :

— *Nous* avons gagné ! rectifia-t-il.

Cléandre sourit. Il saisit la main de Jason et la leva. Les spectateurs scandèrent le nom du vainqueur.

Dans la tribune d'honneur, l'un des juges se pencha vers le héraut et lui tendit le ruban rouge, noué en bandeau. Respectueusement, les quarante mille spectateurs se turent. La bandelette écarlate allait bientôt ceindre le front du vainqueur, en attendant son couronnement officiel.

Le héraut s'avança vers Jason et le coiffa du bandeau. La foule exulta.

Jason caressa Chrestia. Il regarda en direction de son oncle, d'Aris, puis hurla de bonheur.

C'était le plus beau jour de sa vie.

Chapitre 24

Cinq mois plus tard…

Jason était assis en compagnie de Cléandre sur la barrière de l'immense enclos où s'ébattaient leurs chevaux. Outre Chrestia et Aéros, leur élevage comportaient maintenant dix bêtes et il était probable, sinon certain, qu'il s'agrandirait encore.

Avec l'argent et la notoriété, tout était plus facile.

Athènes offrait à ses champions olympiques la somme de cinq talents* et les dispensait d'im-

* Environ 6 000 drachmes. Somme considérable quand on sait qu'un mouton valait une drachme.

pôts. De plus, comme pour les courses de chars, les vainqueurs de l'épreuve hippique recevaient cent quarante amphores d'huile d'olive*.

Enfin, s'il le désirait, et au moment où il le voulait, Jason pouvait être nourri aux frais de la cité, mais c'était un privilège dont il se refusait de jouir. Il avait toujours travaillé dur pour gagner son pain et, maintenant qu'il était riche et prospère, il n'imaginait pas un instant vivre aux crochets de la société.

— Regarde les amoureux! fit Cléandre.

Là-bas, Chrestia et Aéros se câlinaient. Jason savait que dans un peu moins de onze mois, un poulain naîtrait.

— Oui. Ils sont en famille, eux, au moins, fit-il remarquer.

Cléandre lui jeta un œil sombre :

— Oh, arrête avec ça! Tu sais tout le mal que mon père a fait. J'ai dit que je ne le reverrai plus, ce n'est plus la peine d'en parler.

Jason n'insista pas. Un peu plus loin, près de la ferme, Denys dirigeait des ouvriers chargés d'agrandir les écuries. L'oncle et le neveu échangèrent un regard complice, un sourire.

Cléandre surprit cet échange et cela lui rap-

* L'équivalent de 10 655 euros actuels.

pela la merveilleuse semaine qui avait suivi les Jeux olympiques. Son père n'était pas là, mais les gens qui l'entouraient alors lui avaient apporté tellement de chaleur…

Aris les avait accueillis dans sa propriété d'Élis. C'était une grande maison, bâtie au centre d'écuries de courses professionnelles qu'il gérait avec ses deux fils, à peine plus vieux que Jason et Cléandre. Il leur avait fait visiter ses installations et les avait même accompagnés jusqu'à Athènes pour les aider à bâtir leurs propres écuries sur le modèle des siennes.

Cela faisait deux mois maintenant qu'Aris était reparti pour Élis, mais ils s'étaient promis de se revoir régulièrement.

Jason donna un coup de coude discret à son ami :

— Si, justement, j'en parle. Je ne sais que trop bien l'importance de la famille. Regarde là-bas, sur le talus.

Cléandre tourna la tête et aperçut son père. Comme tous les jours, à cette heure-là, il venait à la rencontre de son fils. Il montait sur le tertre qui surplombait la propriété et y restait des heures, priant les dieux jusqu'à la tombée de la nuit.

Cléandre savait que son père regrettait ses

actes, que l'amour qu'il lui portait était finalement plus fort que son ambition et ses convictions politiques. La preuve, il l'avait laissé emmener Aéros et, à aucun moment, malgré les pressions du clan des Eupatrides, il n'avait attenté à sa vie.

— Cela fait cinq mois que ça dure, fit Jason. S'il était foncièrement mauvais, il n'agirait pas ainsi.

Cléandre ne répondit pas. Il continuait de fixer son père qui, au loin, était à genoux face à lui. Sans doute avait-il des remords, mais suffisait-il de demander pardon pour effacer le mal commis ?

— Cinq mois, Cléandre, souligna Jason, et il est là tous les jours ! Il faut vraiment qu'il t'aime pour continuer à se déshonorer ainsi aux yeux de tous.

L'adolescent sentait sa gorge se serrer au fur et à mesure que son ami argumentait. Son père l'aimait, il le savait. Lui aussi aimait son père, mais... pouvait-il de nouveau lui faire confiance ?

Jason dut lire dans ses pensées car il ajouta :

— Fais la paix avec lui, redonne-lui une chance. S'il trahit encore ta confiance, je te promets, je n'insisterai plus jamais.

Cléandre comprit que son ami avait raison. Si Jason, qui avait été le premier à souffrir des agissements de son père, était prêt à lui pardonner, alors lui, son fils, le pouvait également. Puis il pensa à sa mère. Elle lui manquait terriblement. Enfermée dans le gynécée de la maison familiale, il ne l'avait pas revue depuis son départ pour Olympie.

Il descendit de la barrière et dit :

— Tu as raison. L'entêtement n'a jamais mené à la sagesse.

Il s'éloigna en direction de son père.

Jason le suivit du regard, le vit monter le talus et s'arrêter devant Ploutos, toujours à genoux. Ils semblèrent discuter un instant, puis Cléandre tendit la main vers son père et l'aida à se redresser.

Quelques secondes plus tard, le père et le fils s'étreignaient.

Une voix fit sursauter Jason. C'était celle de Denys.

Captivé par la scène qui se jouait là-bas, il n'avait pas senti son oncle arriver.

— Bravo, tu as réussi, dit Denys en posant sa main sur la cuisse de Jason.

— Je crois qu'il en mourait d'envie mais qu'en même temps il en avait peur.

— J'espère que Ploutos aura compris la leçon.

— Ces derniers mois ont du être longs pour lui. Il a eu le temps de réfléchir.

— Oui.

Jason descendit de la barrière et, prenant son oncle par l'épaule en souriant, il lança :

— Tout est bien qui finit bien !

— Oui, tout est bien qui finit bien ! Allez, viens, allons manger, j'ai une faim de loup !

— Moi aussi, et sais-tu ce qui me ferait plaisir ?

— Je ne sais pas… Un coq au vin ? Un cochon de lait aux petits oignons ? Un rôti de bœuf farci au miel ?…

— Non ! Plus simple ! Quelque chose que je n'ai pas mangé depuis longtemps.

Le visage de Denys s'éclaira soudain :

— Une daurade à l'huile d'olive !

Jason éclata de rire :

— Oui ! Une daurade à l'huile d'olive !

Puis leurs voix se superposèrent :

— Comme au bon vieux temps !!!

Metantropo

L'auteur est né en 1962 à Orléans. Il aime voyager et raconter des histoires. Ses premières tentatives dans l'édition se firent en BD pour le magazine Spirou, puis en tant qu'auteur-illustrateur pour une dizaine d'albums. Mais ce qu'il affectionne particulièrement est l'écriture.
Bien qu'il continue à écrire des albums pour les plus jeunes sous son vrai nom (Christophe Loupy), il travaille maintenant davantage sous le pseudonyme de Metantropo dans le domaine du roman. Enfin, il coécrit également, en anglais, avec l'américaine Chris Baker, des scénarios de film pour les USA.

Jean-Denis Pendanx

L'illustrateur de la couverture est né à Dax (dans les Landes) en 1966. Après des études d'arts graphiques à Toulouse et à Paris, il part quinze mois en coopération culturelle au Bénin. Dès son retour, il sa lance dans la bande dessinée et publie un album, *Diavolo*, avec Doug Headline (éditions Zenda, 1992). Puis il commence un série fantastique, *Labyrinthes*, avec Dieter et Le Tendre au scénario (4 tomes aux éditions Glénat, de 1993 à 1998).

« L'illustration est pour moi un complément et une continuité à la bande dessinée, avec un avantage tout de même, celui de pouvoir changer d'univers, mais aussi de voir une idée prendre vite forme, ainsi que de tester diverses techniques de dessin et couleur. Ainsi, je réalise parallèlement des couvertures et illustrations pour les magazines *Casus Belli*, *Player One*, *Sciences & Vie Junior*. »

CASTOR PLUS

POURQUOI CASTOR PLUS ?

Parce que les auteurs ont leur mot à dire sur ce qu'ils écrivent.

Parce que nous, éditeurs de littérature jeunesse, sommes soucieux d'enrichir nos ouvrages.

Parce que vous, lecteurs, êtes en droit d'attendre de nos livres toujours plus d'informations.

Avec Castor Plus, nous ne prétendons pas être exhaustifs sur un sujet, ni sur un genre, mais nous avons l'ambition de vous faire partager notre passion de la littérature sous toutes ses formes.

C'est pourquoi, avec Castor Plus, nous avons choisi de donner la parole à des écrivains, des spécialistes, pour qu'ils commentent un genre qu'ils apprécient, dont ils connaissent les spécificités et les chefs-d'œuvre, ceux d'hier, et ceux d'aujourd'hui.

Le roman pour la jeunesse

« Toute lecture digne de ce nom se doit d'être absorbante et voluptueuse. Nous devons dévorer le livre que nous lisons, être captivés par lui, arrachés à nous-mêmes, emportés dans un tourbillon d'images animées, comme brassées dans un kaléidoscope. » Ainsi parle Robert Louis Stevenson, l'auteur de *L'Île au trésor*, du plaisir d'une lecture romanesque. Avec lui, laissons-nous entraîner dans les délicieux chemins de la fiction : pur plaisir d'être ici et ailleurs, dans les grands bois du Wisconsin, sur les routes américaines avec les enfants Tillerman, survolant la Norvège avec Nils Holgersson ou pénétrant tout simplement dans l'univers d'un enfant de notre âge et de notre pays, si proche et pourtant autre.

Si le romancier « promène un miroir sur une grande route » selon la formule de Stendhal, il nous renvoie aussi un miroir de nos propres sentiments parfois si confus, de nos émotions contenues, il sait nous éclairer sur nos craintes et nos doutes, donner forme à l'informe de la vie. Il nous parle, comme naguère le faisaient les contes de manière plus symbolique, des difficiles relations familiales, de l'amour, de l'amitié, de la mort aussi et le roman se fait alors roman d'initiation.

Mais il peut aussi nous faire rire, nous communiquer cet humour si indispensable pour appréhender plus sereinement le monde et nos propres difficultés.

Promenons-nous « dans les bois du roman », comme le proposait Umberto Eco. Le champ des productions romanesques est aujourd'hui immense. Il n'en a pas toujours été ainsi.

Le premier « roman » écrit pour un enfant – royal, certes ! – fut *Les Aventures de Télémaque* de Fénelon, roman didactique publié en 1699, inspiré des voyages d'Ulysse, destiné à enseigner morale et mythologie mais déjà roman d'aventure et d'initiation. Le XVIIIe siècle vit fleurir à côté de toute une littérature pédagogique et morale, l'adaptation de grands romans philosophiques destinés aux adultes : *Les Voyages de Gulliver*, de Jonathan Swift ou le *Robinson Crusoé* de Daniel Defoe (objet de multiples adaptations, au cours des siècles suivants).

Mais c'est le XIXe qui vit vraiment naître une littérature romanesque destinée à la jeunesse. Dès 1830 Charles Desnoyers invente dans *Les Mésaventures de Jean-Paul Choppart*, le premier garnement révolté et fugueur. À partir de 1850, dans la Bibliothèque rose, paraissent les romans de la Comtesse de Ségur, évocation d'un monde clos de l'enfance, cependant que se déploie en Angleterre la fantaisie de l'imaginaire avec *Alice au pays des merveilles* de Lewis Carroll, et l'éternel enfant de James Barrie qu'est *Peter Pan*. La fin du siècle voit le succès du roman de l'errance et de l'orphelin avec *Sans famille* d'Hector Malot ainsi que les grandes aventures utopiques de Jules Vernes.

Si le XIXe siècle peut être considéré comme l'âge d'or de la littérature enfantine, dont on publie régulièrement les classiques, certains ouvrages, certains auteurs jalonnent la création romanesque française du XXe siècle destinée aux enfants, et trouvent toujours leurs lecteurs. C'est bien sûr la fable morale du *Petit Prince* de Saint-Exupéry, publié à New York en 1943, l'humour et la satire des *Contes* de Marcel Aymé ou de Gripari, les gags irrésistibles, et le langage enfantin du *Petit Nicolas* de Sempé et Goscinny en 1960. C'est aussi le roman de la vie quotidienne qu'est *La Maison des petits bonheurs* de Colette Vivier (en 1939) ou encore les premières incursions dans un véritable roman policier (loin des séries stéréotypées) avec *Le Cheval sans tête* de Paul Berna (en 1955).

En 1970, la Bibliothèque internationale ouvre le champ des littératures étrangères, offrant ainsi aux lecteurs une initiation à la diversité des cultures et des imaginaires. Depuis sa création en 1980, Castor Poche-Flammarion a largement contribué à cette découverte d'auteurs et de cultures du monde entier en publiant, outre de grands succès de la littérature anglaise et américaine (le merveilleux *Jardin secret* de Frances Hodgson Burnett, *Jonathan Livingston le goéland* de Richard Bach, les romans de James Houston, Betsy Byars, Marilyn Sachs ou Cynthia Voigt), des auteurs allemands comme Hans Baumann, polonais comme Wanda Chotomska *(L'arbre à voile)* ou espagnols comme Carmen Martin Gaite *(Le petit chaperon rouge à Manhattan)*...

Les frontières se sont estompées entre littérature générale et littérature de jeunesse ; des auteurs reconnus s'inscrivent dans les deux registres : Michel Tournier, Daniel Pennac, J.M.G Le Clézio, pour n'en citer que quelques-uns. Seule la poétique diffère, écrit Pennac, la thématique peut être la même.

Depuis les années quatre-vingt, la création romanesque aborde en effet des genres et des thèmes jusqu'alors « réservés ». Si l'humour et l'aventure sont toujours de mise, le roman historique évoque les conflits et les drames de notre temps ; romans policiers et romans noirs adoptent les recettes et les ressorts de la littérature adulte ; les intrigues des romans psychologiques s'inscrivent sur fond de secrets de famille et bousculent à l'occasion les tabous.

Sans doute le monde contemporain, ses angoisses et ses culpabilités se sont-ils introduits dans la fiction romanesque adressée à la jeunesse mais la qualité spécifique de ces textes réside toujours dans un certain mode d'écriture, une voix qui sait raconter, émouvoir sans troubler ni désespérer, et nous initier à la merveilleuse aventure de la lecture. Écoutons encore Stevenson : « Les mots, si le livre nous parle, doivent continuer à résonner à nos oreilles comme le tumulte des vagues sur le récif, et l'histoire repasser sous nos yeux en milliers d'images colorés. »

Flaubert (qui n'écrivait pas du tout pour les enfants) prêtait une couleur à chacun de ses romans. N'y aurait-il pas une couleur propre aux romans écrits pour la jeunesse ? À nous de la découvrir, de la savourer.

Claude Hubert-Ganiayre

Castor Poche, des livres pour toutes les envies de lire: pour ceux qui aiment les histoires d'hier et d'aujourd'hui, ici, mais aussi dans d'autres pays, voici une sélection de romans.

832 Les insurgés de Sparte **Senior**
par Christian de Montella
À Sparte, la loi impose de n'avoir que des enfants vigoureux. L'un des jumeaux de Parthénia est si frêle qu'elle le confie en secret à une esclave émancipée. Mais les deux frères vont se retrouver et s'affronter...

831 Les disparus de Rocheblanche **Junior**
par Florence Reynaud
Au IXème siècle, les habitants de l'Aquitaine vivent dans la terreur des vikings, qui saccagent les villages et enlèvent les enfants... Eglantine et son petit frère sont ainsi vendus comme esclaves.

830 Chandra **Senior**
par Mary Frances Hendry
À onze ans, Chandra est mariée, suivant la tradition indienne, à un jeune garçon qu'elle n'a jamais vu. Après leur rencontre, ce dernier meurt brutalement: Chandra est accusée de lui avoir porté malchance.

829 Un chant sous la terre **Junior**
par Florence Reynaud
Isabelle a douze ans et doit travailler à la mine pour aider sa famille. Mais elle a un don, sa voix fait frémir d'émotion quiconque l'entend chanter. Une terrible explosion bloque Isabelle dans la mine, son don pourra-t-il alors la sauver ?

828 Léo Papillon **Junior**
par Lukas Hartmann
Léo, huit ans, souffre de sa maladresse. Il aimerait être léger et beau comme un papillon. Son rêve consiste alors à s'enfermer dans un cocon de fils multicolores, en attendant la métamorphose...

827 La chance de ma vie **Senior**
par Richard Jennings
Quand on a douze ans, recueillir un lapin blessé semble bien naturel, voir banal. Pourtant, Orwell est plus qu'un animal... c'est une chance !

825 Temmi au Royaume de Glace **Junior**
par Stephen Elboz
Les soldats de la Reine du Froid ont enlevé Cush, un ourson volant qui vit dans la forêt près de chez Temmi. Temmi les suit au Château des Glaces, où toute chaleur est proscrite. Mais des insoumis organisent une rébellion.

824 Les maîtres du jeu **Senior**
par Roger Norman
Edward a douze ans. Il découvre chez son oncle un jeu de société qui renferme un mystérieux secret. Il se retrouve plongé dans un terrible engrenage, où le jeu et la réalité se rejoignent.

823 Akavak et deux récits esquimaux **Senior**
par James Houston
Akavak, Tikta'Liktak et Kungo l'archer blanc sont esquimaux. Dans l'univers rigoureux du grand Nord, ces héros doivent lutter pour survivre : découvrez leurs trois aventures au pays des icebergs...

821 Ali Baba, cheval détective **Junior**
par Gisela Kaützt
Pendant une représentation du cirque Tenner, quelqu'un a dépouillé les spectateurs de leurs portefeuilles. Sarah, la fille du directeur, découvre le butin caché dans le box de son cheval Ali Baba. L'enquête est ouverte...

820 **L'étalon des mers** — Senior

par Alain Surget

Leif et son père Erick, bannis de leur village de vikings, embarquent sur un drakkar avec Sleipnir, leur magnifique étalon. Leur voyage les conduit d'abord au Groenland, où ils font la connaissance des Inuits.

819 **Mon cheval, ma liberté** — Junior

par Métantropo

Aux Etats-Unis en 1861, la guerre de Sécession fait rage. Amidou, jeune esclave noir, s'occupe des chevaux d'une plantation. Lui seul peut approcher Stormy, le fougueux étalon, ce qui déclenche la jalousie du fils aîné.

818 **Une jument dans la guerre** — Senior

par Daniel Vaxelaire

Pierre, fils de paysan dans la France napoléonienne, rêve de devenir un héros. Il part rejoindre les troupes de l'Empereur qui se battent en Italie. Le chemin n'est pas sans danger mais le destin met sur sa route une jument qu'il adopte et baptise... Fraternité.

817 **Pianissimo, Violette !** — Senior

par Ella Balaert

Violette a dix ans et vient de déménager. Elle se fait bien à sa nouvelle vie. Le seul problème, c'est son professeur de piano : "Le Hibou" lui mène la vie dure et pourtant Violette s'applique !

816 **Pas de panique !** — Senior

par David Hill

Rob adore les randonnées en haute montagne. Il est loin d'imaginer qu'il va falloir assurer pour six ! Car le guide de son groupe meurt brutalement... facile de dire "pas de panique" dans ces conditions.

815 Plongeon de haut vol **Senior**
par Michael Cadnum
Bonnie pratique le plongeon de compétition. Un jour, elle se cogne la tête contre le plongeoir et depuis n'arrive plus à plonger. En plus, son père est accusé d'escroquerie…

814 Et tag! **Senior**
par Freddy Woets
Vincent a une passion : peindre, dessiner et surtout taguer. Mais le jour où Alma se moque de son dernier tag en le traitant de ringard, Vincent est profondément vexé…

810 Une rivale pour Louisa **Junior**
par Adèle Geras
Louisa déteste la nouvelle du cours de danse : elle est trop douée! Un chorégraphe vient recruter de jeunes danseurs : et s'il ne choisissait que Bernice? Heureusement, la chance et l'amitié triompheront de leur rivalité.

809 Louisa près des étoiles **Junior**
par Adèle Geras
Louisa rêve d'assister à une représentation de Coppélia, mais les billets sont chers, et de toute façon, il ne reste aucune place ! Heureusement, la chance lui sourit : Louisa va même pouvoir rencontrer les danseurs étoiles!

808 Le secret de Louisa **Junior**
par Adèle Geras
Tony, le nouveau voisin de Louisa, est doué pour la danse, mais il est persuadé que seules les mauviettes font des entrechats. Pour cultiver ce talent caché, la petite « graine de ballerine » a une idée en tête…

807 Les premiers chaussons de Louisa **Junior**

par Adèle Geras

Louisa en rêvait depuis des mois : à huit ans, elle enfile enfin ses premiers chaussons de danse! En attendant de faire une grande carrière, il faut travailler sans relâche pour le gala de fin d'année. Louisa deviendra-t-elle une vraie « graine de ballerine » ?

805 Ménès premier pharaon d'Egypte **Senior**

par Alain Surget

Héritier du trône, Ménès doit braver mille dangers pour prouver qu'il est digne du titre de premier pharaon d'Egypte. Saura-t-il affronter ses ennemis, et devenir le Maître des Deux Terres ?

804 Jalouses! **Senior**

par Christian de Montella

Comment Simon aurait-il pu deviner que sa copine de bac à sable était devenue une véritable top-model ? Comment aurait-il pu éviter la crise de jalousie de Véronique, sa petite amie ?

803 Baisse pas les bras papa! **Junior**

par Christine Féret-Fleury

Depuis que Papa est au chômage, les fous rires, c'est terminé ! Au menu : soupe à la grimace. Il n'y a plus qu'une solution : l'aider à retrouver du travail.

802 De S@cha à M@cha **Senior**

par Rachel Hausfater-Douieb et Yaël Hassan

Sacha envoie des emails, comme des bouteilles à la mer, à des adresses imaginaires. Jusqu'au jour où Macha lui répond. Une véritable @mitié va naître de leurs échanges.

801 Rendez-vous dans l'impasse **Senior**

par Kochka

« Une histoire d'amour dont vous êtes le héros » : c'est le sujet de la prochaine rédaction de Marie. Partie à la recherche de l'inspiration, Marie débouche dans une impasse, où elle aperçoit un garçon qui s'enfuit en la voyant…

800 La main du diable **Senior**

par John Morressy

Béran veut être jongleur itinérant. Mais sur les routes du Moyen-Age, le diable rôde aussi : un jour, il lui propose de devenir le plus grand jongleur du monde… en échange de son âme!

799 La révolte des Camisards **Junior**

par Bertrand Solet

1685: révocation de l'Edit de Nantes. Près d'Alès, Vincent, jeune drapier et rebelle protestant, est aimé de la belle Isabeau. Trahi par un ami jaloux, il s'engage aux côtés des « Camisards » pour défendre sa religion.

798 Louison et monsieur Molière **Senior**

par Marie-Christine Helgerson

Louison a dix ans quand Molière la choisit pour jouer dans sa dernière pièce. Et pas n'importe où ! À la Comédie Française, devant la cour du Roi Soleil…

797 Les gants disparus **Senior**

par Marie-Claude Huc

Millau, capitale du gant, fin 1918. Irène, quatorze ans, jeune ouvrière douée de la ganterie Palliès, est fière de son travail... Mais un vol vient semer le trouble dans la petite ville…

795 Je veux MON chien! Junior

par Colby Rodowsky

Ellie n'est pas contente, ce n'est pas un chien comme ça qu'elle voulait ! Depuis le temps qu'elle demandait à ses parents un petit chiot… elle se retrouve avec une espèce de vieux chien sans charme qui appartenait à sa grand-tante!

794 L'arche des Noé Junior

par Wendy Orr

M. et Mme Noé possèdent le plus grand et le plus merveilleux des magasins d'animaux. Ils l'ont appelé «l'arche des Noé». Leur bonheur serait complet… si seulement ils avaient des enfants! Or, le jour de ses sept ans, Sophie vient visiter leur magasin… Entre la petite fille et les Noé c'est le début d'une grande amitié.

793 Le dernier loup Senior

par Roland Smith

Tawupu, le grand-père de Jack, est retourné sur la terre de ses ancêtres, dans le désert de l'Arizona. Jack part l'y retrouver. Là-bas, l'inquiétude monte : un loup rôde dans la région. Jack saura-t-il protéger l'animal alors qu'on organise sa mise à mort?

792 Quatre poules maboules Junior

par Robert Landa

Pour ne pas servir de dîner au fermier, Hugoline, Bruneheau, Rosette et la petite Prunelle, les quatre poules de la basse-cour, décident de s'enfuir. Elles se retrouvent au beau milieu d'une fête foraine: un tour de grande roue, un petit verre à la buvette, et nos quatre poules tournent maboules!

781 La princesse qui détestait les princes charmants **Junior**

par Paul Thiès

Il était une fois une princesse qui s'appelait Clémentine, et qui ne voulait pas épouser de prince charmant. Elle détestait carrément les princes charmants ! Elle n'avait qu'un rêve, transformer tous les garçons en grenouilles, sauf son ami Cabriole…

780 L'araignée magique **Junior**

par Nette Hilton

Jenny adore aller passer des vacances chez Violette-Anne, son arrière-grand-mère. Cette année, Jenny y découvre une invitée surprise : Pam, l'araignée à sept pattes. Cette araignée n'est pas ordinaire, et sa présence rappelle bien des souvenirs à Violette-Anne…

779 La fée Zoé **Junior**

par Linda Leopold Strauss

Qui a dit que les fées avaient des ailes et une baguette magique ? Lorsque Zoé entre dans la vie de Caroline, elle a l'air d'une petite fille tout à fait ordinaire… et pourtant ! Tout le monde ne peut pas voler et faire parler les chats !

778 L'île du vampire **Junior**

par Willis Hall

Rejeté à cause de ses ancêtres Dracula, les seuls amis du comte Alucard sont les loups de la forêt. Quand l'un d'eux est capturé, le comte improvise un sauvetage… qui se transforme en naufrage sur une île déserte !

767 **Le quai des secrets** **Senior**

par Brigitte Coppin

Bretagne, 1529. Un navire espagnol fait escale à Nantes et y laisse une femme, Leonora, et son fils, Jason. Leonora rencontre Jean, médecin, et ensemble ils ont une fille, Catherine. Un jour, Jason dérobe un miroir pour l'offrir à une jeune villageoise. Ce vol va entraîner la révélation de bien des secrets…

766 **Le diable dans l'île** **Senior**

par Christian de Montella

1604. Un navire espagnol accoste une île des Terres australes. Fils du commandant, Diego comprend la barbarie de cette conquête, et se joint au combat, mais du côté des indigènes. Commence alors une vie nouvelle, heureuse. Mais bientôt des incidents troublent le quotidien de l'île: les habitant sont persuadés que l'esprit du mal est parmi eux. Qui est donc le diable qui hante l'île?

765 **Sans toit en Bosnie** **Senior**

par Els de Groen

Dans les ruines d'un village bosniaque, la guerre rôde. Seule Antonia y habite. Son but: survivre, afin d'aider trois adolescents, réfugiés dans la montagne proche. Un jour elle recueille Aida, rescapée d'un convoi de prisonniers. La vie est-elle encore possible pour tous ces adolescents?

764 **Le conquérant** **Senior**

par Marguerite de Angeli

XVIIIe siècle: entre guerres et maladies, le malheur frappe de nombreuses familles en Angleterre. Robin n'a que dix ans lorsqu'il perd l'usage de ses jambes. Il parviendra à vivre avec son handicap,mais un autre défi l'attend: sauver le château.

759 Monsieur Labulle super magicien **Junior**
par Massimo Indrio
En pleine nuit, M. Labulle est réveillé par un bruit. Il découvre dans la cuisine une petite fille : Stella arrive de l'espace, elle est magicienne. Elle lui demande de l'accompagner dans une mission… explosive !

758 Monsieur Labulle super cosmonaute **Junior**
par Massimo Indrio
Lulu Tirebouchon est le meilleur ami de M. Labulle. Cet inventeur de génie vient de créer une fusée. M. Labulle accepte de tester l'engin : dans quelle drôle d'aventure s'est-il encore embarqué ?

757 Monsieur Labulle super détective **Junior**
par Massimo Indrio
M. Labulle adore lire les aventures de Super Super. Quand il apprend l'enlèvement de l'oncle Rémi, il décide de prouver à son tour son courage. Attention ! Monsieur Labulle mène l'enquête…

756 Monsieur Labulle super pilote **Junior**
par Massimo Indrio
M. Labulle, dans la vie il faut travailler ! Oui, mais quel métier exercer ? Pâtissier ou peintre en bâtiment ? Pilote d'essai semble une meilleure idée… quelle course !

749 Khan, cheval des steppes **Senior**
par Federica de Cesco
Anga, jeune Mongole, sauve d'une meute de loups un magnifique poulain blanc. Anga et Khan deviennent inséparables. Mais le cheval est convoité par le chef de la tribu, puis réclamé par un prince : dans la Mongolie du XIIe siècle, Anga, fille de chasseur, pourra-t-elle garder son nouvel ami près d'elle ?

748 **Beau-Sire, cheval royal** **Senior**

par Jacqueline Mirande

1214. Jean, jeune noble de quinze ans, est privé de ses richesses par son cousin. Il veut demander justice au souverain, Jean sans Terre, et s'enfuit avec Beau-Sire, son cheval. Mais ce magnifique étalon est très convoité : la route est semée d'obstacles et Jean, tombé aux mains d'un brigand, n'aura la liberté… qu'en échange de sa monture.

747 **Un cheval pour totem** **Senior**

par Alain Surget

Nuun a dix ans, l'âge auquel on devient adulte dans sa tribu. Il doit pour cela subir un rite d'initiation et choisir un animal-totem : ce sera le cheval. Quelques jours plus tard, il trouve un poulain, et l'adopte. Nuun le baptise Charbon, et ils deviennent inséparables. Mais le sorcier de la tribu est jaloux, et se fait menaçant…

746 **Le cavalier du Nil** **Senior**

par Alain Surget

Bitiou, fils de paysans dans l'Égypte des pharaons, est fasciné par les chevaux. Un jour, il se joint aux troupes de Ramsès II, qui regagnent Memphis. Arrivé au palais, Bitiou se faufile jusqu'aux écuries royales. C'est alors qu'il fait la connaissance du plus beau cheval de Pharaon : ensemble, ils vont vivre des aventures extraordinaires.

745 **Punch et Judy** **Senior**

par Avi

Les États-Unis, à la fin du XIXe siècle. Punch a huit ans à peine lorsqu'il est recueilli par la troupe ambulante des Joe MacSneed. Il apprend dès lors à vivre comme un vrai saltimbanque, aux côtés de Judy, la fille de Joe, dont il est amoureux. Mais bientôt, les difficultés s'accumulent…

744 Les naufragés du ciel — Senior

par Daniel Vaxelaire

Octobre 1929, aéroport du Bourget : l'avion Farman 192 AJJB s'envole. À son bord, trois héros avec ce rêve fou, ce pari insensé : rallier la Réunion par les airs. Arriveront-ils à bon port ? Farman résistera-t-il aux tempêtes du continent africain ? La mer épargnera-t-elle les aventuriers ?

743 Viola Violon — Senior

par Rachel Hausfater-Douieb

Viola a onze ans et déteste son prénom. Jusqu'au jour où Benny la surnomme « Viola Violon » : alors, pour que son prénom soit aussi beau que la musique d'un violon, Viola décide d'apprendre à jouer de cet instrument. Au fil des années, Viola va trouver son identité et s'accepter telle qu'elle est, grâce à la musique.

742 Un héros pas comme les autres — Junior

par Anne-Marie Desplat-Duc

Mathias, un jeune paysan, vit au XVe siècle. Amoureux de la châtelaine Aelis, il n'ose pas lui avouer ses sentiments. Il finit par demander de l'aide à un personnage tout à fait inattendu… l'auteur !

737 L'été catastrophe ! — Senior

par Margot Bosonnet

Depuis que Marcus a rejoint la bande du Ventre Rouge, les grandes vacances ne sont plus qu'une gigantesque bataille ! Grimper aux arbres à mains nues, voler des groseilles, passer la nuit dans une ruine abandonnée (et hantée !)… ces cinq lascars ont plus d'une idée en tête pour faire enrager voisins, parents… et même policiers !

736 Tante Morbélia et les crânes hurleurs **Senior**
par Joan Carris
Horreur ! Tante Morbélia vient s'installer chez Todd, et avec elle toutes ses légendes de crânes hurleurs et d'affreux fantômes ! En plus, c'est une ancienne maîtresse, qui veut lui faire réciter ses leçons chaque jour. Dire que pour Todd, retenir les douze mois de l'année est déjà tellement compliqué... Et puis surtout, surtout, il déteste les histoires qui font peur !

735 Ah ! Si j'étais grand... **Junior**
par Siobhan Parkinson
Ça n'est vraiment pas drôle d'avoir mille cent ans, d'être lutin et petit pour la vie ! Lorenz en a assez, assez, assez ! Mais voilà qu'il fait la connaissance d'Iris, qui elle, voudrait bien être moins ronde et rétrécir un peu. Que vont inventer les nouveaux amis pour changer de vie ?

734 Un prince en baskets **Senior**
par Liliane Korb et Laurence Lefèvre
Quelle surprise ! Solveig et Nils, descendus fouiller la cave pour s'occuper, y découvrent une jolie jeune fille assoupie... depuis deux cents ans ! N'y aurait-il pas un petit peu de sorcellerie là-dedans ? Et que faire d'une aristocrate qui a échappé à la Révolution, quand on a quatorze ans et qu'on porte des baskets ?

732 L.O.L.A **Senior**
par Claire Mazard
Qui adresse du courrier à Lola sans le signer? Pour la jeune fille, ces lettres anonymes sont d'abord agaçantes, puis touchantes, et surtout intriguantes. Accompagnée de son petit frère Jérôme, Lola va mener une enquête... alors que la réponse est tout près d'eux, sous leurs yeux.

731 Ninon-Silence **Senior**
par Marie-Claude Bérot
Une nuit, Ninon est réveillée par des sanglots dans la chambre de ses parents. Elle entend cette phrase terrible : « Ninon n'est pas ta fille ! ». L'enfant a l'impression que le monde s'écroule autour d'elle. Le lendemain, Ninon a perdu la parole.

730 Le Maître des Deux Terres **Senior**
par Alain Surget
Antaref, roi de Haute-Égypte, a été assassiné. Son fils doit lui succéder. Mais le temps presse, car déjà la Basse-Égypte a déclaré la guerre. Ménès saura-t-il défendre son pays, venger son père et libérer son amie Thouyi, avant de devenir le premier pharaon ?

721 Prends garde aux dragons ! **Junior**
par Norbert Landa
Le roi et la reine partis en Italie, le petit prince Léo est seul au château. Il tombe sur un œuf de dragon. Que faire ? Le conserver ou le cuisiner ? Mais est-ce que c'est bon, une omelette de dragon ?

720 À vos marques ! **Senior**
par Michel Amelin
C'est reparti ! Dès le début de l'automne, la mère de Gontran est obsédée par le port de l'écharpe obligatoire ! Quelle horreur, surtout quand la dite écharpe a déjà été usée par des générations, depuis le frère aîné de l'arrière-grand-père de Gontran… Il aimerait tellement frimer avec des vêtements de marque, comme tant de ses copains !

Cet
ouvrage,
le huit cent
quatre-vingt unième
de la collection
CASTOR POCHE,
a été achevé d'imprimer
sur les presses de l'imprimerie
Maury Eurolivres
Manchecourt - France
en mai 2002

Dépôt légal : juin 2002.
N° d'édition : 1486. Imprimé en France.
ISBN : 2-08-16-1486-3
ISSN : 0763-4544
Loi n° 49-956 du 16 juillet 1949
sur les publications destinées à la jeunesse